o que há de estranho em mim

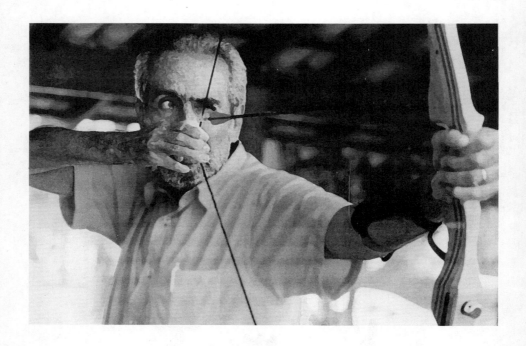

O Arqueiro

GERALDO JORDÃO PEREIRA (1938-2008) começou sua carreira aos 17 anos, quando foi trabalhar com seu pai, o célebre editor José Olympio, publicando obras marcantes como *O menino do dedo verde*, de Maurice Druon, e *Minha vida*, de Charles Chaplin.

Em 1976, fundou a Editora Salamandra com o propósito de formar uma nova geração de leitores e acabou criando um dos catálogos infantis mais premiados do Brasil. Em 1992, fugindo de sua linha editorial, lançou *Muitas vidas, muitos mestres*, de Brian Weiss, livro que deu origem à Editora Sextante.

Fã de histórias de suspense, Geraldo descobriu *O Código Da Vinci* antes mesmo de ele ser lançado nos Estados Unidos. A aposta em ficção, que não era o foco da Sextante, foi certeira: o título se transformou em um dos maiores fenômenos editoriais de todos os tempos.

Mas não foi só aos livros que se dedicou. Com seu desejo de ajudar o próximo, Geraldo desenvolveu diversos projetos sociais que se tornaram sua grande paixão.

Com a missão de publicar histórias empolgantes, tornar os livros cada vez mais acessíveis e despertar o amor pela leitura, a Editora Arqueiro é uma homenagem a esta figura extraordinária, capaz de enxergar mais além, mirar nas coisas verdadeiramente importantes e não perder o idealismo e a esperança diante dos desafios e contratempos da vida.

GAYLE FORMAN

O que há de estranho em mim

ARQUEIRO

Título original: *Sisters in Sanity*
Copyright © 2007 por Gayle Forman
Copyright da tradução © 2016 por Editora Arqueiro Ltda.

Todos os direitos reservados. Nenhuma parte deste livro pode ser utilizada ou reproduzida sob quaisquer meios existentes sem autorização por escrito dos editores.

tradução: Marcelo Mendes
preparo de originais: Gabriel Machado
revisão: Flávia Midori e Rafaella Lemos
projeto gráfico e diagramação: Valéria Teixeira
capa: Rafael Nobre e Paula Cruz/ Babilonia Cultura Editorial
imagem de capa: Puzzleman Leung/ Getty Images
impressão e acabamento: Lis Gráfica e Editora Ltda.

CIP-BRASIL. CATALOGAÇÃO NA PUBLICAÇÃO
SINDICATO NACIONAL DOS EDITORES DE LIVROS, RJ

F82q   Forman, Gayle
         O que há de estranho em mim/ Gayle Forman;
      tradução de Marcelo Mendes. São Paulo: Arqueiro, 2016.
      224 p.; 16 x 23 cm

         Tradução de: Sisters in sanity
         ISBN 978-85-8041-480-6

         1. Romance americano. I. Mendes, Marcelo. II. Título.

15-28542   CDD: 813
                                                          CDU: 821.111(73)-3

Todos os direitos reservados, no Brasil, por
Editora Arqueiro Ltda.
Rua Funchal, 538 – conjuntos 52 e 54 – Vila Olímpia
04551-060 – São Paulo – SP
Tel.: (11) 3868-4492 – Fax: (11) 3862-5818
E-mail: atendimento@editoraarqueiro.com.br
www.editoraarqueiro.com.br

*Dedico este livro a todas
as garotas incompreendidas*

1

Era para ser uma viagem até o Grand Canyon, uma viagem que eu nem queria fazer. Em pleno verão, faz tipo uns 2 mil graus naquele deserto – dificilmente eu conseguiria sobreviver a um calor desses *mais* dois dias inteiros dentro de um carro com meu pai e minha madrasta, a Monstra, que adora pegar no meu pé. Uma hora implica com o meu cabelo: cor-de-rosa com mechas pretas ou preto com mechas cor-de-rosa, dependendo da perspectiva. Outra hora são as minhas tatuagens: uma braçadeira celta, uma coroa de margaridas no tornozelo e um coração num lugar que a Monstra nunca vai ver. E sempre diz como eu sou má influência para o meu meio--irmão Billy – que não passa de um bebê, caramba, e provavelmente acha que minhas tatuagens são simples desenhos, se é que repara nelas.

Para piorar, era o feriadão do Dia do Trabalho, os últimos dias de liberdade antes de começar meu penúltimo ano na escola. A farra já estava toda programada. Sou a guitarrista de uma banda chamada Clod, e a gente ia tocar no Indian Summer, um festival de música em Olympia, junto com mais um monte de bandas de verdade, dessas que têm contrato com gravadora. Uma oportunidade imperdível, vários degraus acima das festinhas particulares e dos barzinhos em que a gente costumava tocar. Mas, claro, a Monstra não entenderia nada disso. Ela acha que punk rock é coisa do capeta e, assim que o Billy nasceu, me proibiu de tocar no porão, por medo de que eu pervertesse a alma do moleque. Agora sou obrigada a ensaiar no porão da casa do Jed, de quem a Monstra também não gosta, porque ele tem 19 anos e não mora com os pais – *cruzes!* –, mas com um monte de gente.

Então falei educadamente que não ia viajar. Tudo bem, talvez nem tão educadamente assim. Talvez eu tenha dito algo como "Prefiro comer vidro", então a Monstra foi se queixar com o papai, que me perguntou, com sua voz cansada de sempre, por que eu precisava ser tão grossa. Contei a ele sobre o festival. Num passado muito, muito remoto, papai gostava de coisas como música, mas agora ele não fez mais do que tirar os óculos, massagear a ponte do nariz e dizer que eu ia e pronto, assunto encerrado. Seria uma viagem de família. Mas eu não ia jogar a toalha assim tão fácil. Tirei todas as cartas da manga: chorei, fiz greve de silêncio, quebrei pratos. Nada disso funcionou. A Monstra se recusou a conversar, então ficamos só papai e eu naquele cabo de guerra. E como nunca fui muito boa em contrariá-lo, acabei cedendo.

Fui dar a notícia para o pessoal da banda. Eric, nosso baterista maconheiro, só resmungou "Pô, cara...", mas Denise e Jed ficaram realmente bolados. "A gente ralou tanto... *Você* ralou tanto", disse Jed, e meu coração se partiu quando vi a decepção estampada na cara dele. Era verdade: eu tinha ralado à beça para chegar até ali. Três anos antes, eu nem sabia a diferença entre um acorde de dó e um de fá, e agora lá estava eu, indo tocar num festival importante – ou pelo menos achando que ia. A Clod teria que se apresentar no Indian Summer como um trio. Eu estava arrasada por não poder ir com eles, mas ao mesmo tempo achava fofo que o Jed tivesse ficado triste com a notícia.

Eu devia ter suspeitado de algo quando, na manhã de sexta-feira, vi só o papai colocando as malas no bostamóvel, a minivan medonha cor de cocô que a Monstra o convencera a comprar depois do nascimento do Billy. Enquanto isso, nem sinal da megera e do bebê.

– Caraca, ela está sempre atrasada. Isso é um tipo de controle, sabia?

– Muito obrigado pela sessão de terapia, Brit, mas sua mãe não vai com a gente.

– Ela não é minha mãe. Que história é essa? Você falou que era uma viagem de família, por isso fui *obrigada* a não tocar no festival. Então... se eles não vão, eu também não vou.

– É uma viagem de família, sim – confirmou papai, jogando minha bagagem no porta-malas. – Acontece que dois dias dentro de um carro é demais para o Billy. Eles vão de avião e encontram a gente lá.

• • •

Perto de Las Vegas, papai sugeriu que a gente parasse um pouquinho na cidade. Eu devia ter desconfiado. Quando mamãe ainda estava por aqui, isso era o tipo de coisa que a gente costumava fazer: entrar no carro de uma hora para outra e se mandar para Las Vegas ou para São Francisco. Lembro que uma noite, por causa de uma onda de calor, nenhum de nós conseguia dormir. Lá pela uma da madrugada, já cansados de ficar nos revirando, resolvemos jogar os sacos de dormir na traseira do carro e fomos para as montanhas em busca de uma brisa perfeita. Havia séculos que papai não fazia algo assim, tão maneiro. A Monstra o convenceu de que espontaneidade é o mesmo que irresponsabilidade.

Papai me levou para almoçar num daqueles falsos canais venezianos do hotel Bellagio e até sorriu quando zoei os turistas de pochete. Depois me levou para um cassino vagabundo no centro, garantindo que ali ninguém se importaria com a minha idade. Ele me deu 20 pratas para gastar nos caça-níqueis, e cheguei a pensar que nossa viagem não seria tão ruim. Mas, quando olhei para trás e o vi me observando de longe, achei que ele parecia... sei lá, vazio, como se alguém tivesse sugado a alma dele com um aspirador de pó ou algo parecido. Nem comemorou as 35 pratas que ganhei numa rodada, só insistiu em guardar o dinheiro na carteira, para que eu não corresse o risco de perdê-lo. De novo, mais um alerta que deixei passar. Euzinha, a pateta que, após uma eternidade, pensava estar se divertindo novamente com o pai que havia tantos anos andava distante.

Quando saímos de Las Vegas, ele ficou sério e caladão, do mesmo jeito que tinha ficado depois de tudo o que aconteceu com a mamãe. Dava para ver que ele apertava o volante mais que o necessário, e aquela situação estava cada vez mais estranha, mais misteriosa.

Preocupada, tentando entender o que estava rolando com o papai, mal percebi que já não estávamos indo mais para o leste, rumo ao Grand Canyon, mas para o norte, na direção de Utah. Tudo o que dava para ver da janela eram os penhascos cor de ferrugem que podiam muito bem pertencer à paisagem do cânion. O sol já começava a se pôr quando saímos da rodovia e entramos numa cidadezinha qualquer; só então me dei conta de que, mais uma vez, íamos passar a noite na estrada.

À primeira vista, o Red Rock parecia um desses hoteizinhos baratos: um prédio de dois andares em forma de T, com fachada bege de estuque. Só que o local era cercado por arame farpado, não tinha nenhuma piscina à vista e, no terreno, em vez de árvores, havia apenas umas pilhas empoeiradas de blocos de concreto. Para completar, dois brutamontes bizarramente musculosos patrulhavam a área.

– Que lugar é esse? – perguntei, vendo que havia algo de podre ali.

– É só uma escola em que eu queria que você desse uma olhada.

– Uma universidade? É isso? Não está cedo demais? Ainda tenho dois anos de colégio pela frente.

– Não, não é uma universidade. Está mais para um internato.

– Para quem?

– Para você.

– Você quer me mandar para um internato?

– Ninguém está mandando você para lugar nenhum. Só quero que você dê uma olhada.

– Para quê? A escola começa na semana que vem. A *minha* escola. Lá em...

– Aí é que está, filha. Você não tem se saído muito bem na *sua* escola.

– Tirei umas duas ou três notas baixas, mas e daí? Não é o fim do mundo.

Papai massageou as têmporas.

– Antes fossem apenas duas ou três notas baixas. E não é só isso. Brit, tenho sentido que você não faz mais parte da nossa família. Você não é mais você, entende? Então achei que devia buscar algum tipo de ajuda antes que... – Ele não terminou a frase.

– Uau. Quer dizer que você quer que eu venha estudar aqui?! Tipo... quando?

– Vamos só dar uma olhada – repetiu ele.

Papai nunca soube mentir. Fica vermelho, dá uns tremeliques, e dava para ver que aquilo tudo era uma grande mentira. As mãos dele tremiam. Os pelos do meu braço se arrepiaram. Tinha algo de muito errado ali.

– Que merda é essa? – berrei, abrindo a porta do carro.

Àquela altura, meu coração já batia em disparada, ecoando nos meus ouvidos. De uma hora para outra, os dois brutamontes estavam do meu lado, imobilizando meus braços contra as costas e me puxando na direção do prédio.

– Pai! O que está acontecendo? O que eles estão fazendo?

– Por favor, não machuquem minha filha – suplicou papai, então olhou para mim. – É para o seu próprio bem, meu amor, é para o seu próprio bem.

– O que você está fazendo comigo, pai? Para onde eles estão me levando?

– É para o seu próprio bem.

Vi que ele estava chorando e fiquei ainda mais apavorada.

Fui jogada numa saleta abafada e a porta foi trancada. Soluçando, esperei que papai caísse na real, visse a grande besteira que estava fazendo e viesse me buscar. Mas não foi isso que aconteceu. Ouvi-o conversando com uma mulher e depois o barulho do nosso carro indo embora. Comecei a gritar de novo, o rosto ensopado de lágrimas, ranho e saliva. Berrei muito, mas ninguém apareceu. Então continuei chorando, até que não havia mais nada a fazer senão dormir. Quando acordei, talvez uma hora depois, levei alguns segundos para lembrar que lugar era aquele, e foi aí que entendi por que estava ali. A Monstra. Ela era a culpada. O medo e a tristeza que eu sentia não eram nada se comparados à fúria que essa mulher tinha despertado em mim. Mas depois veio outra coisa também. Uma profunda decepção. Porque, apesar de tudo, eu estava mesmo a fim de conhecer o Grand Canyon.

2

"Transtorno desafiador opositivo": segundo a terapeuta do reformatório de Red Rock, eu tinha TDO. Agora estava na sala dela, um lugar escuro, cheio de pôsteres esquisitos que supostamente deveriam inspirar as pessoas. Um deles mostrava um bando de gansos voando em formação e, abaixo, os seguintes dizeres: "Com um plano nas mãos, você pode ir longe." Engraçado, eu não podia ir longe porque tinham levado minhas roupas e meus sapatos para que eu não fugisse. Estava de pijama e chinelo no meio da tarde.

Abrindo um livro grande e grosso, que aparentemente continha todos os segredos da mente humana, a mulher foi recitando:

– "Frequentemente perde o controle das emoções e discute com os pais; desafia acintosamente os adultos, recusando-se a atender solicitações e a obedecer a normas; deliberadamente incomoda as pessoas; culpa os demais pelos próprios erros e faltas; com frequência se mostra irritado, ressentido, maldoso, vingativo..." – Ela se interrompeu e perguntou: – E então, soa familiar?

A mulher mais parecia uma colonizadora inglesa recém-chegada do século XVII. Magricela, dava a impressão de que tinha colocado uma cuia na cabeça para cortar os cabelos e, apesar do calor insuportável, usava uma blusa de babados e o colarinho fechado.

Eu estava cuspindo marimbondos, como você deve imaginar. Tinha passado a noite em claro, trancafiada no meu quarto, até que os brutamontes apareceram para me levar até uma enfermeira igualmente parruda. Logo a batizei de Helga. Ela confiscou meu iPod e todas as minhas joias, inclusive o piercing do umbigo, apesar de eu reclamar que o buraco ia fechar e seria obrigada a furá-lo de novo. Depois de guardá-las num envelope, a mulher ordenou que eu me despisse e ficou esperando, sem nem virar de costas. Calçou luvas de borracha e me apalpou nas axilas e na boca. Depois mandou que eu me inclinasse para que pudesse examinar *lá embaixo*, tanto na frente quanto atrás. Nunca tinha feito um exame ginecológico na vida. Tamanho foi o meu pavor que comecei a chorar. Helga nem ofereceu um lenço. Simplesmente continuou a me apalpar, sem dúvida procurando drogas escondidas. Mal sabia que isso nunca tinha sido a minha praia: a maconha me deixa mole e o álcool me faz vomitar. Não, muito obrigada.

De volta ao consultório da Dra. Clayton, a tal terapeuta: assim que ela terminou de explicar o que era TDO, eu estava tão furiosa que nem tive cabeça para argumentar que aquela lista de sintomas descrevia praticamente todos os adolescentes que eu conhecia. Só o que consegui dizer foi:

– Imagino que quem lhe falou tudo isso foi a Monstra, minha madrasta.

Ela sorriu e anotou algo na prancheta.

– Deixe-me explicar de um jeito que você entenda – disse ela. – Seu rendimento escolar despencou. Você nunca está em casa. Volta e meia passa a noite fora. E, quando enfim dá as caras, é acolhedora como uma nuvem de tempestade.

– Mentira. Passo a noite fora por causa dos shows. As bandas iniciantes sempre ficam para o final, só começam a tocar lá pelas duas da madrugada. A gente ainda tem que guardar a tralha toda e acaba chegando em casa às cinco. Não é que eu passe a noite na farra.

A Dra. Clayton não disse nada, apenas me lançou um olhar de reprovação, igualzinho à Monstra, e anotou mais alguma coisa antes de prosseguir na enumeração das minhas supostas transgressões:

– Você trata seu corpo como um muro a ser grafitado. É ríspida com a madrasta, insolente com os professores, pouco carinhosa com o irmão e, aparentemente, possui feridas abertas com relação à mãe.

– Não ouse falar da minha mãe – respondi, surpresa com minha voz, que mais parecia um rosnado. Bastara ouvir falar da mamãe para que eu sentisse um frio na barriga e meus olhos ficassem marejados. Rapidamente, pisquei para afugentar as lágrimas. – Não lhe dou o direito de falar da minha mãe.

– Entendo – disse a mulher, anotando algo. – Muito bem, então. Vamos repassar as regras da casa? – cantarolou ela, como se fosse explicar as normas de um jogo muito divertido. – Nosso sistema aqui é baseado em níveis e recompensas. Por ser novata, você começará no Nível Um, basicamente um estágio de avaliação, para que nossa equipe possa ter uma noção de quem você é, quais são as suas dificuldades. Também é uma oportunidade para você mostrar suas qualidades. Nesse nível, são poucos os privilégios. Durante quase todo o tempo, você permanecerá isolada no quarto. É lá que fará as refeições, os trabalhos escolares. Sairá apenas para ir ao banheiro e às sessões individuais de terapia. E, mesmo assim, para garantir que não faça nenhuma besteira, terá sempre uma escolta.

Ela fez uma pausa, então prosseguiu:

– Você passará ao Nível Dois assim que tivermos certeza de que não há nenhum risco de fuga e de que você já está disposta a trabalhar suas questões internas. Nesse nível, você receberá os sapatos de volta. Sairá do quarto para as refeições e as sessões de terapia em grupo. Também poderá receber cartas da família com a aprovação prévia da nossa equipe. As coisas vão melhorar muito quando for promovida ao Nível Três. Você será transferida para um quarto compartilhado, terá aulas e poderá trocar cartas, mas apenas com os familiares. Além disso, participará de mais atividades. No Nível Quatro, poderá usar maquiagem e receber telefonemas de pessoas pré-aprovadas pela equipe. Quando chegar ao Nível Cinco, poderá receber visitas da família e participar de passeios pré-programados na cidade, como ir ao cinema ou jogar boliche. O Nível Seis é o mais alto. Nele, você poderá sair do campus. Poderá liderar grupos de terapia e até mesmo supervisionar novos alunos. Terminado o Nível Seis, você estará pronta para voltar para casa. Mas isso ainda está muito distante. Leva meses para chegar ao Nível Seis, às vezes anos. Só depende de você. Toda vez que se comportar mal, infringir as regras ou se recusar a participar plenamente da terapia, você será rebaixada um ou dois níveis. Dependendo das circunstâncias, voltará direto para o Nível Um.

A mulher abriu um sorriso. Aparentemente, ficava feliz só de imaginar a possibilidade de alguém retornar à estaca zero.

3

Após quatro dias de isolamento, os pelos das axilas começaram a crescer. Segundo o regimento da Red Rock, abaixo do Nível Cinco ninguém tinha permissão para usar depiladores. Não sei qual é a lógica disso. Nunca ouvi falar de uma mulher que tenha se ferido ou ferido os outros com um. Mas, quando entrei no banheiro vazio para tomar minha primeira ducha (supervisionada o tempo todo por uma funcionária), recebi só um frasco de xampu infantil. Nada de pente ou escova de cabelo. No Nível Três, eles permitiam o uso de depiladores elétricos, talvez porque não se importassem que alguém se eletrocutasse, mas até lá eu teria que me acostumar com a selva debaixo do braço.

Entre as muitas indignidades do Nível Um também estava a supervisão constante, até mesmo na hora de ir ao banheiro. À noite havia guardas, mas, durante o dia, o procedimento era feito por diferentes equipes de meninas do Nível Seis. Algumas eram marrentas e condescendentes, sempre botando banca por causa da superioridade hierárquica. Eu as odiava. Outras eram gentis e também condescendentes, sempre com um discurso na ponta da língua, nos incentivando a obedecer ao programa. Dessas eu tinha mais ódio ainda.

Portanto, logo nos primeiros dias na Red Rock, acho que consegui entender como se sentem os animais de um zoológico. A única coisa que eu tinha a fazer era ler as apostilas ridículas que eles haviam me dado para estudar, com assuntos como geometria. Caraca, eu já tinha estudado geometria no primeiro ano! Já estava quase chorando de tanto tédio, mas nunca deixaria que me vissem derramando uma lágrima.

As sessões de terapia ainda não eram com a Dra. Clayton, mas com o diretor do lugar, uma espécie de guru do amor linha-dura, um sujeito chamado Bud Austin.

– Mas pode me chamar de Xerife. Todo mundo me chama assim. Já fui da polícia, mas agora tenho ossos muito mais duros para roer: *vocês*, meninas – comentou ele, rindo.

Era o meu primeiro dia de solitária e ele tinha vindo para uma visita, arrastando uma cadeira dobrável de metal. Era um homem alto de cabelos pretos e bigode cheio. Usava uma calça jeans apertada, com um molho de chaves pendurado em um dos passadores do cinto. Nos pés, botas pontudas de couro de cobra.

– Agora vou lhe contar um segredinho – prosseguiu ele. Com certeza já tinha repetido esse texto um milhão de vezes, com as mesmas palavras. – Provavelmente você vai me odiar no início. É assim com todas vocês. Mas pode acreditar: quando crescer vai perceber que a Red Rock foi a melhor coisa que aconteceu na sua vida e que eu sou uma das pessoas mais importantes que você conheceu aqui. Quer saber? Aposto até que você vai me convidar para o seu casamento.

Casamento? Mas eu só tenho 16 anos!

– Seus pais devem ter relaxado com você. É isso que costuma estar por trás de tanta rebeldia... Isso ou a necessidade de atenção. Pois aqui você terá toda a atenção do mundo. Você ainda não sabe disso, menina – era assim que ele chamava a gente, ou então pelo sobrenome –, mas vamos recolocar sua vida desgovernada nos trilhos. Vamos questionar as suas atitudes. Vamos substituir o mau comportamento por hábitos mais produtivos. Em outras palavras: vamos dar um jeito em você. Pode não parecer, mas o que temos a oferecer aqui não passa de amor.

No dia seguinte, o tal Xerife apareceu de novo no meu quartinho com sua cadeira dobrável.

– Então, menina, está pronta para olhar para si mesma?

Essa me pareceu a pergunta mais imbecil do mundo. Olhar para o que exatamente? Era como se o cara já tivesse decidido que eu era maluca de carteirinha.

– Para isso vou precisar de um espelho. Mas acho que um objeto de vidro pode ser muito perigoso nas mãos de uma psicopata como eu.

O homem se levantou, dobrou a cadeira e saiu do quarto em silêncio. Na tarde seguinte, foi a mesma coisa.

– Então, Hemphill? Pronta para olhar para si mesma?

– Ah, vai te catar!

No terceiro dia, quando ele apareceu com a mesma cadeirinha e a mesma pergunta, tive vontade de responder com o dedo do meio, mas algo me fez mudar de ideia. Ele deu aquele sermãozinho mais do que batido sobre o jeito fácil e o difícil de fazer as coisas. Queria dar risada, pois aquele cara se achava muito, mas também precisei conter o choro, porque era esse babaca quem estava no controle da minha vida.

Nessas situações, eu sempre me mantinha impassível. Jamais daria a nenhum deles – nem ao Xerife, nem à Helga, nem à Monstra, nem às megeras do Nível Seis – a oportunidade de me ver por baixo. Mas à noite, depois que apagavam as luzes e trancavam a porta por fora, eu abria as comportas e chorava até ensopar o travesseiro.

Lá pela quinta visita do Xerife, os pelos nos meus sovacos já estavam compridos o bastante para eu fazer uma trança, e foi nessa ocasião que uma Nível-Seis abriu a porta do meu quarto. Era uma garota alta, com um rosto de traços bonitos e angulosos. Seus cabelos curtos, de um louro sujo, tinham um corte sofisticado demais para uma prisioneira, todo repicado, que sem dúvida dava um trabalhão para cuidar. Talvez no Nível Seis elas pudessem frequentar um salão.

– Escute, Brit. É esse o seu nome, não é? – perguntou ela, com aquela impaciência exasperada que os professores reservam aos alunos mais fracos. – Talvez você até goste de ficar de pijama o dia todo numa solitária, mas, se não for esse o caso, sugiro que deixe de lado a marra de rebelde sem causa. Isso não impressiona ninguém por aqui.

– Não sei do que você está falando.

– Ah, me poupe. Basta você dizer ao Xerife que está pronta para olhar para si mesma. É só disso que precisa para passar ao Nível Dois.

– Sério?

Ela arqueou uma sobrancelha, deixando bem claro que eu não passava de uma idiota.

– Tenho mais a fazer do que ficar aqui vigiando sua porta. Basta você dizer que está pronta. Não importa se é verdade ou não. Faça um favor para todo mundo: deixe de lado esse orgulho besta.

Essa seria uma das lições mais valiosas da Red Rock.

4

– Você é uma alcoólatra.

– Você é uma putinha.

– Piranha. Piranha. Piranha.

Era minha terceira semana na Red Rock e, ao lado de outras vinte e tantas garotas, estava num dos centros de terapia do lugar: dois salões enormes com janelas sujas, colchonetes de ginástica jogados no chão e um monte de cartazes motivacionais desbotados nas paredes. Meu favorito era o de um gato empoleirado na árvore com os dizeres: "Ele pode porque acredita que pode." Humm... não. Ele pode porque tem garras afiadas. Não havia nenhum móvel. Talvez porque temessem que a gente surtasse de repente e começasse a arremessar coisas.

Assim como as outras internas, eu vestia o uniforme obrigatório: short cáqui e camisa polo com o emblema da Red Rock no peito – na minha opinião, um castigo fashion. Dispostas em círculo, era como se estivéssemos na aula de educação física de uma escola qualquer. No centro, uma garota chamada Sharon arregalava os olhos feito uma gazela assustada enquanto recebia a avalanche de insultos. A conselheira Deirdre e uma Nível-Seis chamada Lisa nos instigavam:

– Diga a ela o que vocês acham. Perguntem por que ela dá para todo mundo. Perguntem por que ela não se respeita.

Bem-vindos à "Terapia Confrontativa": um recurso para, supostamente, nos fazer encarar nossos problemas, mas que na verdade só faz a gente chorar. De repente, era esse mesmo o objetivo daquilo, pois só depois que a pessoa começava a chorar é que tinha permissão para sair do círculo e "processar" tudo o que tinha acontecido ali. A TC, como era conhecida, era um grande sucesso de público na Red Rock, tipo uma arena romana com gladiadores, e aquelas que já haviam passado pelo centro do círculo eram justamente as mais agressivas quando estavam do lado de fora. Por exemplo: a garota que ficava repetindo "piranha" era Shana, que, apenas uma semana antes, tinha ficado na berlinda por conta de seus distúrbios alimentares. Só saiu ao cair no choro e logo foi recompensada com um abraço coletivo.

Logo percebi que a TC era algo típico da filosofia da Red Rock, isto é, tratar as internas com TDO como se fossem bichos selvagens até "domá-las". Agora que eu estava no Nível Dois, meus dias eram consumidos basicamente na TC ou em sessões individuais esquisitas com o Xerife ou um dos conselheiros ou em encontros semanais com a Dra. Clayton, que já havia sugerido que eu começasse a tomar antidepressivos. Eu *realmente* estava deprimida, mas só porque tinham me trancafiado naquele buraco.

Passava o resto do tempo sozinha na cela, lendo as apostilas de "estudo autodirecionado", um bê-á-bá ridículo que não chegava nem perto das aulas da escola. Eu ainda não tinha autorização para escrever para o papai nem para receber cartas dele. Isso só aconteceria no Nível Três, quando me libertariam da solitária e permitiriam que eu frequentasse as aulas coletivas.

· · ·

– Seu nome é Brit, certo?

Ao meu lado no círculo da TC estava a Nível-Seis que tinha me dado a dica de como sair do Nível Um. A garota dava medo de tão alta, praticamente uma gigante, e me olhava com aquela mesma expressão de antes, como se dissesse "Você é uma idiota". Àquela altura, eu já começava a odiar todas as Nível-Seis, que não passavam de um bando de puxa-sacos marrentas e falsas.

– Você sabe muito bem que é – retruquei.

Novamente, ela arqueou a sobrancelha.

– Então, Brit, comece a mexer a boca.

– *Ahn?*

– Mexa a boca. Finja que está dizendo alguma coisa.

– O quê?

– Eu estou falando grego ou você é burra assim mesmo? Você não está "participando do processo".

Ela estava sussurrando, mas aquilo mais soava como uma ordem aos berros.

– Não conheço essa garota – repliquei. – Como é que eu vou gritar alguma coisa para ela?

– Você é surda ou idiota? Mexa a boca. Finja. Ou você vai se ferrar. Fui clara?

Antes que eu pudesse pensar numa resposta inteligente, ela foi para o outro lado do círculo e começou a berrar insultos tão violentos que era preciso prestar atenção para perceber que, na realidade, não emitia som nenhum.

Eu não sabia o que pensar da Nível-Seis. Ela era uma megera comigo, me insultava tanto quanto os conselheiros, dizendo que eu era uma maluca delirante. Talvez estivesse tentando fazer minha cabeça para depois me entregar: na Red Rock, dava para subir de nível dedurando as outras internas (mais fascista, impossível). Só que os conselhos dela *realmente* tinham algo de subversivo, então fiquei pensando se a garota queria me ajudar de verdade. Fiz o que ela mandou e logo constatei que aquele havia sido o segundo conselho maneiro dela.

Depois que comecei a fingir que xingava, um dos conselheiros veio me dizer, com tapinhas nas costas, que eu estava começando a "me integrar ao programa". Mais tarde naquela mesma semana, na terapia, a Dra. Clayton abriu um sorriso sinistro e comentou que finalmente eu estava pronta para "enfrentar os meus demônios" e "derrubar os meus muros". Isso significava uma promoção para o Nível Três e uma escola "de verdade": uma sala sem janelas com uma dúzia de carteiras onde eu leria mais apostilas "autodirecionadas" enquanto era vigiada por guardas que pareciam incapazes de soletrar o próprio nome. Também fui transferida para um quarto coletivo já ocupado por outras três internas: a gordinha Martha; a riquinha de nariz empinado Bebe e a lourinha bulímica Tiffany, que oscilava entre risinhos e lágrimas histéricos.

Além de estudar, fazer psicoterapia e comer, eu tinha sessões de "terapia física": passava quatro horas no calor infernal do deserto de Nevada pegando blocos de cimento de mais de 2 quilos em uma pilha gigantesca e arrastando-os por cerca de 50 metros de terra poeirenta para construir um muro. Parece tortura, eu sei, mas nem era tão ruim assim. Quer dizer, no fim do dia eu estava moída, claro, e não havia luvas para proteger as mãos, que ficavam em frangalhos, cheias de cortes e calos. O trabalho dava uma sede danada e a gente bebia litros d'água, mas só podia fazer xixi de hora em hora. Só que os conselheiros e guardas eram um bando de preguiçosos que não saíam da sombra. Então o pátio onde ficavam os blocos de cimento – também conhecido como "pedreira" – era o único lugar onde as internas podiam conversar livremente.

– Isso está acabando com as minhas mãos – resmungou Bebe. – Minhas unhas eram tão lindas...

– Cale a boca, Rodeo Drive – rosnou a Nível-Quatro ao lado dela.

– Quantas vezes vou ter que repetir para você, caipira, que a Rodeo Drive é só uma rua para turistas cafonas? E eu nem moro em Beverly Hills! Moro em Pacific Palisades. Então cale a boca.

Volta e meia alguém chamava a patricinha de "Rodeo Drive". Percebi que as pessoas tinham inveja dela, porque a garota era linda, com seus longos cabelos pretos brilhantes e uns olhos azuis de gato. A mãe dela era Marguerite Howarth, uma atriz de novela superfamosa. Fazia dois dias que a gente dividia o quarto, mas até então ela não havia se dignado a falar comigo, portanto eu é que não sairia em sua defesa. Mas sem dúvida aquele era o meu dia de sorte.

– De onde você é? – perguntou-me ela.

– Portland, Oregon.

– Já estive lá. Muita chuva e muita gente usando aquele tecido de flanela horroroso.

Eu adorava Portland e detestava essas pessoas de Los Angeles que torciam o nariz para a cidade, mas tive que admitir que ela estava certa em relação à flanela.

– Como você veio parar aqui? – quis saber.

– Não faço ideia.

– Ah, deixa disso... Você deve ter alguma ideia, gata. Bulimia? Promiscuidade? Automutilação? – interrogou Bebe, enumerando os distúrbios mais comuns das pessoas ali.

– Nenhuma das opções anteriores.

– Então, vejamos... Você tem cabelo colorido e tatuagens. Se eu tivesse que chutar, diria que toca numa banda ou é artista.

– Toco numa banda – foi tudo o que revelei, mas internamente fiquei surpresa. Mamãe tinha sido artista.

– Humm... Heroína? Cristal?

– Não, nada disso. Toco numa banda, pinto o cabelo de rosa e tenho uma madrasta doida de pedra.

– Ei, pessoal, temos uma Cinderela no pedaço! – gritou ela para as outras, e novamente se virou para mim. – Que coisa mais Disney! Mas e aí, qual foi o diagnóstico da Dra. Clayton?

– Transtorno desafiador não-sei-o-que-lá.

– Transtorno desafiador opositivo. Você é uma TDO – disse com firmeza uma voz às minhas costas. Era de novo a Nível-Seis gigante dos bons conselhos. – *Todo mundo* que entra aqui recebe esse diagnóstico. É quase automático. Mas quais são os seus outros delitos?

– Sei lá.

Ela suspirou.

– Tudo bem, novata. Acho que já está na hora de você ter um intensivão de Red Rock. Todas as internas pertencem a uma das cinco categorias. Tem as que usam drogas, mas nada mais pesado do que maconha ou ecstasy, porque uma reunião semanal de NA é tudo o que esta espelunca pode oferecer. Tem as de comportamento sexual desviante, incluindo as ninfomaníacas e as lésbicas. Por exemplo: a Cassie ali – ela apontou para uma sardenta de cabelos curtos – está num programa de "cura gay" e a nossa Bebe aqui está no de "cura piranha", porque pegaram ela transando com o cara que limpa a piscina.

– Não foi bem assim, minha querida Virginia – disse Bebe, balançando a cabeleira preta. – Me pegaram transando com o *mexicano* que limpa a piscina. Esse foi meu grande delito. Uma imperdoável transgressão da hierarquia social.

– Valeu pelo esclarecimento, Karl Marx. Mas não me chame de Virginia; prefiro apenas V.

– "V" não é nome de ninguém, gata. É só uma letra.

– E desde quando "Bebe" é nome de gente? Onde foi que eu parei? Ah. Os distúrbios alimentares. Quase todas são bulímicas light. A Red Rock não aceitaria nenhuma anoréxica cascuda, porque essas precisam de tratamento sério, e não desse negócio fraudulento que chamam de terapia. Sabia que a Dra. Clayton é a única pessoa da equipe que tem formação acadêmica? E, mesmo assim, ela nem é psiquiatra, e sim clínica geral. Só está aqui para receitar remédios. Então é isso: a gente tem um punhado de magricelas que enfiam o dedo na goela para vomitar mais um tanto de obesas com pais que acham que um reformatório é mais "terapêutico" do que uma clínica de emagrecimento.

– A Martha, nossa adorada coleguinha de quarto – disse Bebe – é do grupo das gordas com programa de milhagem nas clínicas de emagrecimento.

– Exatamente – concordou V. – Depois temos uma ou outra que se corta com lâmina, as automutiladoras. Mais um punhado de fugitivas e ladras... Aliás, cleptomaníaca é o que mais tem por aí. Por último, mas nem por isso menos importante, as garotas com tendências suicidas.

– Como a nossa Virginia aqui – revelou Bebe.

– *Você*? Já tentou se matar? – perguntei.

– Não. Acho isso Sylvia Plath demais. Se tivesse tentado, acho que não me aceitariam aqui. Só escrevi poemas e histórias sobre uma garota que se mata. Minha mãe ficou tão apavorada que acabou me internando. E aqui estou eu, faz quase um ano e meio.

– V é de "veterana" – ironizou Bebe.

– Não. V é de "Virginia", "vitória", "valentia"...

– Você não tem jeito mesmo, malvadinha – interrompeu Bebe, fingindo um bocejo. – Estou impressionadíssima.

– O sarcasmo cria um abismo entre você e os outros – disse V, feito um guru, depois se virou para mim novamente. – Mais uma pérola de sabedoria da Red Rock. Enfim, agora estou no Nível Seis e pretendo voltar para casa antes do Natal.

– Onde você mora?

– Em Manhattan.

– De volta ao trabalho, meninas! Chega de papo furado! – gritou uma das conselheiras no pátio enquanto lia uma revista de fofocas.

– Argh – grunhiu Bebe. – Eles bem que deviam dar filtro solar pra gente. Depois vou mandar as contas do botox para eles pagarem, uma para cada ruga adquirida.

– Caramba, a gente terminou de levantar o muro! – exclamei.

No meio de tanta conversa, nem percebi que os blocos já estavam todos empilhados. Bebe e V se entreolharam, depois caíram na gargalhada.

– Sim, o muro está pronto – confirmou V. – E agora a gente vai derrubá-lo outra vez.

– Esse muro serve para nos ensinar que a vida não tem sentido, minhas queridas – emendou Bebe. – Essa é a lógica da Red Rock.

Mais tarde, já no dormitório, perguntei a Bebe em que novelas a mãe dela havia trabalhado. Ela estreitou os olhos e virou o rosto, como se eu tivesse feito uma pergunta do outro mundo. Eu não conseguia entender a Bebe. Nem a V. As duas eram como o Médico e o

Monstro: ora me davam conselhos, ora cuspiam farpas. Eu já estava começando a achar que o melhor seria ficar na minha, pois me senti muito pior com esse gelo da Bebe do que com o primeiro banho supervisionado. Cheguei até a chorar no meu travesseiro à noite, algo que eu não fazia havia semanas. Mas, na manhã seguinte, encontrei um bilhete enfiado no bolso do meu uniforme:

Cinderela, as paredes têm olhos (não reparou nas câmeras?) e ouvidos (cuidado com a Tiffany). A espionagem é um meio de vida por aqui. Nada de conversa dentro do prédio. Só na pedreira.
BB

Amassei o bilhete e sorri. Alguém se preocupava comigo, afinal.

5

Quando era menor, nunca parei para pensar que alguém se preocupava comigo e me protegia, porque não sabia como era não ter isso. Nem me passava pela cabeça que um dia eu poderia me ver sozinha e vulnerável, pois, naqueles tempos, eu tinha à minha volta a família mais bacana, mais unida do planeta.

Meus pais se conheceram num show do U2. Papai era *roadie* da banda e, um dia, o Bono chamou mamãe para dançar no palco. Ele fazia isso em todos os shows. Todas as garotas da plateia deviam achar que merecem ser escolhidas pelo cara, mas mamãe *realmente* merecia. Tinha uma aura, uma energia que parecia atrair todo mundo, pois, em volta dela, a vida ficava vertiginosa. "Espírito livre" é uma expressão batida, mas perfeita para descrever mamãe. Na noite do show, quando foi para as coxias, ainda extasiada, ela olhou para o papai e tascou um beijo nele. É bem provável que ele tenha se apaixonado naquele momento.

Depois disso, a vida dos dois se transformou num conto de fadas boêmio. Eles viajaram pela Europa e pela África, e mamãe sempre vendia seus quadros para ganhar uns trocados. Casaram-se no topo de um penhasco no Marrocos e ela ficou grávida de mim num hotelzinho da Portobello Road, em Londres. Daí o meu nome: Brit, de britânica (meu nome do meio é Paula, em homenagem ao Bono, cujo nome verdadeiro é Paul). Mais tarde, mudaram-se para Portland, compraram um cafofo na Salmon Street e abriram o CoffeeNation, um misto de café, galeria de arte e bar com música ao vivo.

Não sei quantas pessoas no mundo podem dizer que um dia coloriram um livrinho infantil dos Muppets com Kurt Cobain, mas eu posso. Centenas de músicos e artistas passavam pelo CoffeeNation, o que é engraçado, porque nem mamãe nem papai sabiam a diferença entre um lá maior e um lá menor. Mas, uma vez por semana, deixavam o palco livre para quem quisesse subir lá e cantar; muitas bandas começaram ali e, aos poucos, o lugar foi ficando conhecido como uma espécie de celeiro musical.

A gente praticamente morava no CoffeeNation. Depois da escola, eu ia direto para a mesa que ficava reservada para mim. Papai me trazia um chocolate quente antes de eu começar a fazer os deveres de casa, e eu terminava rapidinho o trabalho, pois sempre havia por perto alguma espécie de irmão mais velho para ajudar. Bizarramente, os músicos são ótimos em matemática. Talvez até fosse por causa deles que eu tinha escolhido estudar cálculo na escola. Entre os clientes do café, meu predileto era o Reggie, um tatuador cujos braços, pernas e tronco mais pareciam um mosaico. Muita gente devia achar que ele era um delinquente, mas o cara era a coisa mais doce do mundo. Gostava de ler quase tanto quanto gostava de falar e tinha o hábito de pegar também na biblioteca o livro que eu estivesse lendo para a escola. Depois, o discutia comigo. Eu tinha só 8 anos quando nos conhecemos; ainda assim, Reggie e eu lemos um livro para pré-adolescentes que discutia religião.

Quando minhas amigas reclamavam dos pais, eu nem fingia concordar. Passava quase todas as tardes com a mamãe no café até que a gente ia para casa e ela preparava um dos seus jantares malucos, como o daquela noite em que tudo precisava ser roxo (sopa de berinjela com beterraba e uva nem é tão ruim assim, diga-se de passagem). A gente esperava o papai para comer, e eu nunca me cansava da companhia deles.

Pouco antes das férias de inverno do sétimo ano, mamãe meteu na cabeça que a gente devia fugir do frio e passar um mês inteiro numa praia qualquer do México. Ela soprou a ideia no ouvido do papai e, dias depois, vovó já estava tocando o CoffeeNation enquanto a gente comia *tacos* de peixe no café da manhã num casebre alugado na península de Yucatán. Que pais eram esses que deixavam os filhos perderem algumas semanas de aula?

Acho que mamãe não ligava muito para a escola, mas papai, sim. Mamãe era o arco-íris após a tempestade; papai era o guarda-chuva que nos mantinha secos: marcava as consultas médicas, arrumava a minha lancheira, preocupava-se com tudo. Papai era o chefe de família, enquanto mamãe estava mais para outra filha.

Talvez por isso ninguém tenha notado quando ela começou a mudar. De uma hora para outra, passou a fazer coisas estranhas, como pedir que a gente desligasse todos os telefones da casa e deixasse as luzes do andar de baixo acesas, dizendo que tinha espiões vigiando a gente. Ou saía para trabalhar e chegava ao CoffeeNation quatro horas depois, mas sem a menor lembrança do que havia feito nesse meio-tempo. Só quando ela rasgou à faca todas as suas pinturas, falando que "as vozes" tinham mandado, foi que teve início a longa série de médicos e diagnósticos.

Primeiro falaram em transtorno de personalidade limítrofe. Depois, em paranoia. Por fim, em esquizofrenia paranoide. Mas mamãe se negava a admitir que tinha algo errado com ela, recusava qualquer tratamento. Vovó se mudou da Califórnia para tomar conta da gente, e volta e meia insistia para que mamãe fosse internada numa clínica psiquiátrica, mas papai repetia: "Ainda não, talvez ela melhore." Acho que ele realmente acreditava nisso. Até o dia em que ela nos deixou.

Então, papai fechou o CoffeeNation e foi trabalhar numa empresa de software, onde conheceu a Monstra, o tipo de mulher que tem um treco se a bolsa não está combinando perfeitamente com os sapatos. Eles se casaram apenas um ano depois e minha maravilhosa família foi para o espaço. Só então me dei conta de que devemos valorizar quem se preocupa com a gente. Isso é algo muito especial, que de uma hora para outra pode sumir.

6

– Como foi que eles pegaram você? – perguntou Bebe.

Era minha segunda semana na terapia dos blocos de cimento. O outono havia chegado de repente, baixando um pouco as temperaturas escaldantes e trazendo ao céu um azul inacreditável de tão lindo.

– Eles quem? – indaguei.

De rabo de olho, vi o sorrisinho sarcástico da V. Ela e Bebe tinham uma modalidade estranha de amizade: viviam trocando insultos uma com a outra, mas de um jeito afetuoso. Como Bebe e eu éramos colegas de quarto, de vez em quando eu me via perto da V. Infelizmente, tudo o que eu fazia parecia irritá-la.

– Cassie, esta é a nossa novata ignorante, Brit. Já se conhecem?

– A gente já se viu por aí, mas ainda não tinham me apresentado. Muito prazer.

– Prazer.

Cassie era texana, parruda feito uma fazendeira, ótima para se ter por perto na construção de um muro.

– Estou falando da Red Rock, meu amor – explicou Bebe. – E aí, como foi que trouxeram você para cá?

– Papai me trouxe de carro, ora. O que mais poderia ter sido?

– Um *acompanhante*, gata.

– Tipo um acompanhante de baile de formatura?

Dessa vez a V não se conteve e riu na minha cara.

– Não ria dela, V – disse Cassie, e olhou para mim com um ar de comiseração. – Chamam de acompanhante, mas na realidade é um sequestro. Foi assim que me pegaram. Chegaram no meio da noite e me levaram feito um cachorro sarnento. Até me algemaram. Achei que estava sendo sequestrada, até que vi meus pais acompanhando tudo da janela.

– Fizeram isso porque você é... gay?

– Bem, eles pensam que eu sou.

– E não é?

– Sou bi. Mas também não precisa ficar nervosa. Você não sai por aí dando mole para tudo quanto é cara, sai? Eu também não faço isso.

Nisso Cassie tinha toda razão. Eu não dava mole para qualquer garoto que aparecesse na minha frente. Só para o Jed, mas sem sucesso.

– Não ligue para a Cassie – disse V. – Sempre que conhece alguém, acha que precisa dar uma palestra anti-homofobia.

– Acontece que metade das garotas deste lugar acha que eu fico flertando o tempo todo – defendeu-se Cassie. – E nem bonitinhas elas são.

– Então você foi sequestrada? Isso é horrível, Cassie.

– Brit, gata – interrompeu Bebe. – Ela foi *acompanhada*, uma operação de rotina por aqui.

– Quer dizer que seus pais fizeram a mesma coisa?

– Meus pais, não: minha mãe. Como não tem nenhum hotel de luxo num raio de 100 quilômetros desta espelunca, ela nunca colocaria os pés aqui.

– Seus pais são ricos, Brit? – perguntou V.

– Isso não é da sua conta – respondi.

Sabia muito bem que os pais dela eram ricos. V tinha aquele cheirinho de dinheiro que a gente percebe de longe.

– Também não precisa dar chilique, novata. Só perguntei porque, se você tiver grana, está ferrada. O seguro cobre só os três primeiros meses da estadia. Então, se você for pobre... são três meses e, *puf!*, rapidinho você está no Nível Seis com a sua malinha pronta para ir embora, subitamente curada pelos métodos revolucionários e fraudulentos da Red Rock. Mas, se a sua família tiver grana suficiente para pagar as contas, tudo muda. Você pode ficar aqui até o fim dos seus dias.

– Não exagere, Virginia. Até os 18 anos – interveio Bebe. Vendo o pavor estampado no meu rosto, ela explicou: – Aos 18 você pode se dar alta.

– Há quanto tempo vocês estão aqui?

– Seis meses – falou Cassie. – Meus pais não são ricos, mas estão loucos para me "corrigir".

– Quatro meses – disse Bebe. – Mas pode apostar que vou ficar um bom tempo por aqui. Ou em qualquer outra escola semelhante. Há anos estou pulando de internato em internato. Mas, claro, este é o meu primeiro CTR.

– CTR?

– Porra, novata! – exclamou V. – Centro de Tratamento Residencial, nunca ouviu falar? Chamam de escola, mas na verdade é um manicômio, um reformatório, um campo militar para correção de desvios comportamentais, um depósito de adolescentes desajustados e rejeitados pelos pais.

Argh! Às vezes minha vontade era arremessar um tijolo na testa da Virginia e apagar do rosto dela aquela irritante expressão de sabe--tudo. Papai jamais me mandaria para um campo de treinamento militar. Só de pensar nisso eu quis chorar.

– Meu pai não queria se livrar de mim! – esbravejei.

– Certo – disse V. – Ele mandou você para cá só porque queria descansar um pouquinho. Aham, sei.

– Não foi o pai dela – interveio Bebe. – Está falando com a Cinderela, esqueceu? Foi a madrasta malvada que despachou a garota.

– Imagino que a sua madrasta leia a *LifeStyle* – comentou Cassie.

A Monstra tinha mesmo uma pilha da tal revista na cozinha. Dizia que gostava das receitas.

– A Red Rock anuncia nas últimas páginas, prometendo resultados rápidos na cura dos filhos rebeldes – explicou Bebe. – Até entendo a sua madrasta: pelos anúncios, parece que a Red Rock é o Club Med das escolas especiais.

– Por isso eles recomendam tanto os acompanhantes – emendou Cassie com uma sorriso irônico. – Não querem que os pais venham e vejam este lugar com os próprios olhos.

– Também é por isso que monitoram as nossas correspondências – completou V. – Para verem as possíveis reclamações e já prepararem sua defesa de antemão. Nos folhetos, tem uma seção inteira avisando aos pais que os filhos vão reclamar do tratamento recebido aqui. Falam que a mentira é mais um sintoma da nossa doença. Eles são muito espertos. Sabem mesmo como tirar o deles da reta.

– Meu Deus, isto aqui é um verdadeiro campo de concentração.

– Primeira coisa inteligente que você fala, Brit. – V me deu um tapinha na testa. – Claro, todo campo de concentração tem seus segredos e códigos, suas rotas de fuga.

– Como assim?

– Sempre há maneiras de subverter o poder.

– *Ahn?*

– Paciência, novata. Aos poucos você vai aprender.

– Tudo será revelado a seu tempo – prometeu Bebe.

Cassie juntou as mãos e fez uma reverência, como um daqueles monges tibetanos que supostamente conhecem os segredos do Universo. Todas nós caímos na gargalhada. Foi a primeira vez que eu ri na Red Rock. Vendo que a gente estava se divertindo demais, os guardas logo se aproximaram para nos separar.

7

No pátio da escola, ninguém parecia prestar atenção, mas a Bebe estava certa: havia olhos e ouvidos por toda parte. No meu encontro seguinte com a Dra. Clayton, ela logo trouxe à tona a minha recente proximidade com a V.

– Soube que você e Virginia Larson têm passado muito tempo juntas. Vocês a chamam de V, pelo que sei.

– Às vezes a gente empilha blocos juntas, às vezes a gente derruba tijolos juntas. Se você chama isso de "passar tempo"...

– Brit, você acha que ganha pontos com suas respostas malcriadas? É justamente o contrário. Seja como for, sugiro que você se afaste da Srta. Larson.

– Mas por quê? Ela não está no Nível Seis? Não deveria ser uma boa influência para mim?

Eu ainda não sabia ao certo se V era do bem ou do mal, mas, depois da advertência da Dra. Clayton, comecei a acreditar que era gente boa.

– Virginia está no Nível Seis *por enquanto*. Ela tem uma tendência a andar para trás, portanto não, não creio que ela seja uma boa influência. Preciso que você prometa que ficará longe dela. Isso seria uma prova de que já é responsável o suficiente.

– O suficiente para quê?

– Para receber uma carta do seu pai. A carta já está comigo há algum tempo, mas eu ainda achava que você não estava pronta para recebê-la.

Que direito tinha aquela bruxa de esconder de mim uma carta do meu pai? Minha vontade era pular por cima da mesa e apertar o pescoço dela até a cabeça explodir. Mas, acima de tudo, eu queria a carta do papai. Mordi o lábio, hesitante. Vinha fazendo isso com certa frequência nos últimos tempos, tanto que minha boca já estava ficando roxa.

Prometi que ficaria longe da Virginia, então ela me entregou o envelope. Ficou olhando para mim com curiosidade, como se eu fosse abri-lo ali mesmo, na frente dela. Nem morta. Só fui ler a carta na hora do jantar.

Querida Brit,

Espero que você esteja bem. O outono já chegou a Portland e tem chovido quase todo dia. Mal fica claro e o dia já vai logo escurecendo. Nunca foi a minha estação favorita. As calhas já entupiram com as folhas caídas, inundando a nossa sala de novo. Sua mãe tem andado muito ocupada com os consertos.

Estamos todos bem. Billy está com saudades. Volta e meia ele engatinha até o seu quarto e fica sentadinho na porta. Uma graça.

O pessoal da sua banda ficou muito chateado com o seu sumiço. Jed e Denise vieram aqui várias vezes perguntando por você e, quando enfim contei onde você estava, ela ficou brava comigo. Até entendo. Ninguém gosta do ogro que separa uma banda. Jed perguntou se podia lhe escrever, mas falei que você ainda não tinha permissão para receber cartas de quem não fosse parente. Ele insistiu que eu lhe desse um recado sobre uma música que você escreveu. Não foi embora enquanto eu não jurasse de pés juntos que falaria para você que jamais vão esquecer da "Vaga-lume". Achei estranho, pois você não está mais na banda, mas... promessa é promessa.

Entendo que você esteja um pouco ressentida comigo e com sua mãe, mas espero, do fundo do meu coração, que um dia você compreenda que tudo isso foi feito por amor.

Sei que ainda não pode me escrever, mas, assim que puder, gostaria muito de receber notícias suas.
Feliz Dia das Bruxas.
Te amo,
Papai

• • •

Até aquela altura, eu ainda não fora convocada para um dos círculos de TC, mas fazia apenas dois dias que eu tinha recebido minha carta quando o Xerife resolveu liderar o grupo. E adivinha quem foi que ele chamou para a berlinda? O cara agia como se aquilo fosse a versão perversa de um joguinho de jardim de infância: apontava uma arma imaginária contra cada uma de nós, estreitando os olhos como se visse tudo através de uma mira.

– Quem de vocês aí pensa que pode se esconder da verdade? – perguntava com sua voz áspera de caubói. – Você? Você? Você? – Assim que me viu, ele parou e sinalizou para que eu fosse para o centro do círculo. – Ora, ora, Srta. Hemphill, acho que ainda não a ouvimos. Estou sabendo que você recebeu uma carta do papai. Então, não teria nada a dizer a respeito?

Eu sabia muito bem o que devia dizer: que a carta tinha me deixado furiosa, que eu detestava meu pai por ter me despejado naquele lugar. Esse era o costume nas sessões de violência verbal das TCs, isto é, começar com o óbvio. Acontece que a carta *realmente* tinha me deixado furiosa. Porque o papai falava como se a decisão de me encarcerar na Red Rock tivesse sido dele; porque ele insistia em chamar a Monstra de "sua mãe", como se bastasse repetir isso para que se tornasse verdade, para que todo passado fosse apagado. Porque pensava que a Clod havia acabado e que eu estava fora dela, como se esse fosse o grande plano. No entanto, uma minúscula parte de mim se sentia mal por estar com raiva. Pois, embora estivesse irritada com o Pai de Agora, aquele que tinha permitido à Monstra me encarcerar, eu não conseguia esquecer por completo o Pai de Antes, que vivia preocupado com o bem-estar da família, o "manteiga derretida" que ficara arrasado com a doença da mamãe. O Pai de Antes também se deixava levar com facilidade, mas quem o influenciava na época era a mamãe: ele era como uma criança com um cachorrinho de estimação. E quem influenciava o Pai de Agora era a Monstra.

– Parece que a Srta. Hemphill está precisando de um empurrãozinho, meninas – disse o Xerife. – Talvez uma de vocês consiga entrar nessa cabecinha dura e teimosa que ela tem. Meu Deus! Será isso mesmo? Será que a raiva a está deixando vermelha até a ponta dos cabelos?

Eu podia ouvir os risinhos abafados das garotas à minha volta. Como se ter mechas cor-de-rosa fosse a coisa mais excêntrica do mundo. Faz tempo que cabelos coloridos não são mais sinal de rebeldia. No CoffeeNation, por exemplo, muitos dos amigos dos meus pais tinham os cabelos pintados em tons berrantes e, desde criança, com a ajuda da mamãe, eu tingia meus próprios cabelos com corante alimentício.

Além disso, eu não estava nem aí para o que as pessoas diziam, nem mesmo o Xerife, que costumava me deixar mais apavorada do que furiosa. Eu não tinha cabeça para outra coisa que não fosse a carta do papai, sobretudo o presentinho que, sem querer, ele havia incluído: "Vaga-lume" era mesmo uma canção, mas não fora eu que a escrevera.

• • •

Sempre me pareceu um milagre fazer parte da Clod. Além de serem bem mais velhos que eu, Jed, Denise e Erik eram músicos competentes: Jed na guitarra, Denise no baixo e Erik na bateria. Eu tinha só 15 anos quando fiz o teste para entrar na banda, e dizer que mandei mal na guitarra seria até um elogio.

Aprender a tocar havia sido uma das minhas estratégias para ficar longe da Monstra. Quando se casou com papai, ela largou o emprego e, como não tinha mais o que fazer, ficava o tempo todo em casa redecorando a cozinha ou conversando pelo telefone com a irmã de Chicago.

Eu sentia que aquele não era mais o meu lar, então fazia o possível para ficar longe dali. Depois da escola, fazia hora tomando café num pé-sujo qualquer ou zanzando pela rua. Certo fim de semana, num bazar de quintal, trombei com uma guitarra e um amplificador à venda e não pensei duas vezes antes de comprar. Enfurnada no porão de casa, procurei aprender sozinha com um livro, tentando não pensar naquela época em que eu teria uns vinte músicos profissionais fazendo fila para me ensinar.

Vinha estudando havia cinco meses quando deparei com um anúncio no quadro de cortiça do X-Ray Café: TRIO DE PUNK-POP PROCURA GUITARRISTA BASE. Como não tinha nenhuma experiência, cheguei supernervosa à casa do Jed para fazer o teste. Logo que pus os olhos no cara, minhas pernas quase tremeram. Jed era um garoto alto e magricela, um gato de cabelos castanhos, compridos e bagunçados, meio encaracolados na altura da nuca. Tinha olhos verdes, mas com um tom de castanho na íris. Eu vivia rodeada de roqueiros gatos nos meus tempos de CoffeeNation, mas algo nele me deixou realmente intimidada. Evitando olhar para ele, conectei a guitarra ao amplificador, mas, de tão atrapalhada, não notei que o volume estava no máximo. A microfonia foi ensurdecedora.

– Iau! – berrou Denise.

Essa garota tinha os cabelos descoloridos e um olhar que desafiava qualquer um a não se meter com ela.

– Perfeito! – gritou Erik. – Até que enfim alguém tirou um pouco de cera do meu ouvido.

A microfonia ainda esfuziava pela sala.

– Dá para baixar isso aí? – berrou Jed.

Continuei parada feito uma imbecil. O próprio Jed teve que desligar o amplificador.

– Bem, pelo menos já sabemos que você é capaz de provocar uma ótima microfonia.

– Pois é – falei. – É que eu cresci ouvindo Velvet Underground, então acho que está no meu sangue.

Jed sorriu.

– Vamos ver como você toca. Vamos começar com "Badlands", que é mais simples. Sol-dó-ré. Vai ouvindo e, quando quiser, cai dentro.

No início, fiquei meio hesitante, com medo de entrar, depois fui meio que tropeçando nos acordes. Então, rolou a parada mais esquisita do mundo. Assim que fiquei mais calma, alguma coisa se encaixou. Àquela altura, eu podia ser a pior guitarrista de Portland, mas, tocando com a Clod, vi que podia mandar muito bem.

Jed ligou uns dias mais tarde para dizer que eu estava dentro.

– Caramba, os outros candidatos deviam ser terríveis – brinquei.

Jed riu. Mesmo ao telefone, a risada dele era sonora, envolvente.

– Que nada. Tinha um pessoal muito bom. Mas quatro instrumentistas perfeitos não formam necessariamente uma banda boa. Sei lá, todo mundo gostou da sua *vibe*. E, de longe, você foi a melhor nas distorções.

– Valeu, ralei muito para chegar lá – comentei, e Jed riu de novo. – Já que estamos trocando confidências, preciso confessar uma coisa: não consigo tocar acordes com pestana.

Ele suspirou, mas não voltou atrás.

– Vamos ter que trabalhar nisso. Os acordes com pestana podem ser muito importantes.

Depois disso, o tempo foi passando, e era como se eu tivesse tocado com a Clod a vida toda, mesmo com as minhas deficiências, que o Jed aos poucos me ajudava a superar. Quando os ensaios terminavam, a Denise e o Erik subiam para beliscar alguma coisa na cozinha, tomar uma cerveja, enquanto Jed ficava para trás, repassando comigo aqueles trechos em que eu tinha mais dificuldade. Às vezes ele me abraçava por trás para mostrar como eu devia dedilhar determinada passagem, e eu podia sentir os pelinhos do braço dele roçando os meus, o que tornava quase impossível me concentrar na música.

Eu praticava todo dia, até que meus dedos ficaram em carne viva, mas depois endureceram, parecendo couro. Logo minhas habilidades se incrementaram. Quando viu que eu já dominava os acordes com pestana, Jed meneou a cabeça e sorriu de forma distraída. Então, insistiu que eu aprendesse a cantar.

– Não consigo cantar.

– Consegue, sim.

– Não consigo, juro.

– Brit, vou contar um segredinho: você está *sempre* cantando. Se não é uma música qualquer, é um jingle da TV ou coisa parecida. Quando está com os fones de ouvido, canta alto à beça!

– Isso mesmo – confirmou Erik, rindo.

– Todo mundo aqui já ouviu você cantando – interveio Denise. – Você tem uma puta voz.

Comecei a participar dos vocais de algumas canções do nosso repertório. Depois, a cantar algumas músicas sozinha. A compor. A escrever *riffs* para acompanhar as minhas letras. De repente, a Clod estava tocando *minhas* músicas. Não pude deixar de notar uma coisa: volta e meia o Jed olhava para mim e mandava aquela irresistível combinação: assentia e sorria.

• • •

– Não adianta tapar o sol com a peneira, garota! A única tapada nessa história é você!

Levantei a cabeça bruscamente. Uma Nível-Quatro chamada Kimberly me fulminava com o olhar. O Xerife adorava essa piadinha com "tapar o sol" e "tapada", e muito provavelmente a puxa-saco tinha acabado de ganhar uma passagem para o Nível Cinco às minhas custas.

– É verdade – concordou ele. – Cedo ou tarde você vai ter que

admitir, e você sabe disso. Estamos perdendo tempo com você. O momento da admissão já está próximo. É ou não é, meninas?
– Ééééé!
– Já está próximo.
– Você não é melhor do que ninguém.
– Precisa se olhar no espelho.
O coro de ofensas psicológicas não terminaria tão cedo. Então desliguei os ouvidos e voltei para dentro da minha cabeça.

• • •

Eu tinha plena consciência de que minha paixonite pelo Jed não levaria a nada. Depois dos shows, havia sempre um punhado de garotas esperando por ele nas coxias, garotas lindas e modernas: umas com a cabeça raspada, outras com cabelos pretos e franja, umas com piercing no nariz, outras com oclinhos *cool* de brechó. Frequentemente, após recolhermos o equipamento, ele sumia com uma delas. Às vezes dava a impressão de que estava namorando, mas nunca durava mais do que algumas semanas. "Está vendo?", eu dizia para mim mesma. "Muito melhor ser amiga do cara, a 'protegida' dele, a caçula, do que uma simples aventura." Pelo menos era assim que eu me consolava.

Para mim, a banda era um presente dos deuses. Pelo menos até a Monstra ver os dois riscos azuis no seu teste de gravidez. Naquele exato momento, desapareceria para sempre o esforço que ela fazia para respeitar o meu relacionamento com o papai. De repente, eu havia me tornado uma espécie de adversária. Começou a falar na minha frente com o papai sobre as notas baixas na escola, reclamando que eu chegava em casa de madrugada, que eu era nova demais para tocar numa banda.

Na realidade, ela devia era ficar agradecida pela existência da Clod. Esse era o único motivo que eu tinha para não jogá-la do alto de uma ponte. Nessa época, passei a mandar mal nos ensaios. Ora desandava a chorar no meio do set, ora tropeçava em algum trecho que já conhecia de trás para a frente. Podia jurar que iam me chutar dali a qualquer momento, mas eles apenas paravam de tocar e o Jed ia fazer um café para dar tempo de eu me acalmar. Tinha vezes que, para me animar, a Denise começava a improvisar alguma coisa engraçada sobre a Monstra enquanto dedilhava o baixo. E o Erik me oferecia um tapa no *bong* dele.

Eu praticamente vivia para aqueles ensaios e shows. A gente se espremia no furgão do Jed para comer burritos numa taqueria que tinha perto da casa dele, depois ia tocar numa festa particular ou até mesmo em algum clube de verdade, desses em que menores de idade não podem entrar. Sempre que eu estava em cima de um palco, vendo a galera ir à loucura, sentia um clique dentro de mim, como naquele dia do teste para entrar na banda, só que mil vezes mais forte. Depois dos shows, ainda com a animação nas alturas, a gente recolhia o equipamento e ia se empanturrar de panquecas com café numa lanchonete Denny's. Eu voltava para casa feliz da vida, com uma sensação de pertencer a alguma coisa, como se ainda tivesse uma família.

Mas, no dia que a Monstra entrou em trabalho de parto, podia jurar que, assim que o bebê fosse cuspido do útero dela, eu seria cuspida de vez do coração do papai. Nem quis ir ao hospital, mas também não queria ficar sozinha em casa, então peguei minha bicicleta e fiquei pedalando pelas ruas, procurando não pensar em nada. Já estava na esquina do Jed quando me dei conta do rumo que havia tomado. Era um daqueles dias perfeitos de primavera que às vezes rolam em março no Oregon: um calor agradável, nenhuma nuvem no céu. Jed estava brincando com o violão na varanda. Eu não queria que ele me visse, logo dei meia-volta e comecei a me afastar.

– Vai embora sem falar nada? Isso é falta de educação, sabia? Fique um pouco aqui comigo.

Deixei a bicicleta encostada nos degraus e subi para a varanda. Eu devia estar com um aspecto horrível, porque Jed, que não é muito chegado a demonstrações públicas de afeto, deixou o violão de lado e abriu os braços para que eu me jogasse neles. Chorei tanto que acabei ensopando de lágrimas a camiseta dele. Mas Jed não se importou. Também não agiu como se eu tivesse virado uma doida de pedra. Simplesmente ficou fazendo carinho nos meus cabelos enquanto dizia: "Está tudo bem, está tudo bem..." Depois, foi para a cozinha e voltou com duas canecas de café e uma toalha.

– Obrigada. A Monstra foi para o hospital, está tendo o bebê.
– É, imaginei que fosse algo do tipo.
– As coisas vão piorar muito lá em casa. Não sei se vou aguentar.

Eu nunca tinha falado nada sobre a mamãe com o pessoal da banda, mas eles pareciam ter entendido que algo grave havia acontecido com ela. Não era muito difícil perceber isso se você soubesse ler nas entrelinhas das minhas músicas.

– Você vai aguentar firme – garantiu Jed, sereno.
– O que faz você pensar isso? Por acaso não me viu nos últimos dias?

Ele franziu um pouco a testa.

– Sei que está sendo difícil. Mas também sei que você é uma garota forte.
– Forte, eu? Brit, a Garota de Aço... Estou mais para Garota de Celofane.

Jed balançou a cabeça.

– Você não me engana. É durona. Muito mais forte do que você mesma imagina.

As horas seguintes foram um borrão de música e conversa. A gente se alternou pegando CDs e LPs da coleção dele, catando o que tinha algum significado especial pra gente. Coloquei para Jed ouvir as canções do U2 e do Bob Marley que eu costumava dançar com a mamãe. Além da Joan Armatrading e do Frank Sinatra, ele até me mostrou coisas que eu nunca tinha ouvido antes. Aparentemente, a música destravava a língua dele, e de repente lá estava Jed falando dos verões que costumava passar com a família em Massachusetts, dos vaga-lumes que via por lá.

– Nunca vi um vaga-lume – revelei.
– Jura?
– Infelizmente, sim. Não tem vaga-lume no Oregon. Só lesma.
– É, já reparei. Espere aí.

Ele voltou para a sala e colocou um disco para tocar. Pude ouvir a agulha arranhando o vinil antes de a música começar.

– Essa é a American Music Club. Provavelmente a banda mais melancólica do mundo. Acho que é apropriada para a noite de hoje.

A canção se chamava "Firefly", a mais triste e mais linda que eu já tinha ouvido. O vocalista começava chamando uma garota para ver os vaga-lumes que iluminavam a noite do lado de fora. O cara tinha uma voz que chegava a doer de tanto pesar e saudade. Era como se ele soubesse exatamente o que eu estava sentindo. E Jed também mostrou que sabia quando pegou o violão e começou a cantar para mim.

– *"You're so pretty, baby, you're the prettiest thing I know."*

"Você é tão linda, *baby*, a coisa mais linda do mundo..." Na hora desse refrão, ele olhou fundo nos meus olhos. Pode parecer maluquice minha, mas, juro por Deus, senti uma corrente elétrica passar entre nós. Eu mal conseguia respirar. A canção chegou ao fim e ele ainda me encarava, com um brilho no olhar. Eu estava morrendo de vontade de beijá-lo. Me inclinei para a frente. Então *ele* me deu um beijo, bem de leve, só que na testa.

– Melhor você voltar para casa – sussurrou. – Já está ficando tarde.

Eu não queria ir para lugar nenhum. Queria ficar ali com o rosto enterrado no pescoço dele. Mas não era isso que ele estava oferecendo e eu não queria arruinar o momento mais romântico da minha vida.

Então fui embora. No dia seguinte, Billy já estava em casa e, àquela altura, eu não valia nem dois tostões. Todo mundo estava ocupado demais paparicando o moleque, que para mim não passava de uma máquina de comer, chorar e fazer cocô.

No ensaio seguinte, Jed se mostrou simpático e compreensivo comigo, como sempre, mas parecia que, para ele, a noite anterior nunca tinha acontecido. Eu voltara a ser a caçulinha dele. Na minha cabeça, o cara já tinha esquecido a coisa toda – até que recebi a carta do papai.

• • •

– Bem, suponho que a Srta. Hemphill esteja precisando de um empurrãozinho especial! – berrou o Xerife. Girando sua arma imaginária, parou em Virginia, que estava ali para motivar o grupo e desferir os piores insultos. – Srta. Larson, você e a Srta. Hemphill têm andado bastante juntas. Talvez você possa nos dizer: o que está por trás dessa fachada de ferro?

Voltei ao presente assim que percebi a V me encarando de um jeito ao mesmo tempo duro e doce. Sabia muito bem o que ela estava pensando: "Engula o seu orgulho e acabe logo com isto. Jogue um pouco de carne para a cachorrada antes que ela venha para cima de você." E eu sabia que ela estava certa. Já tinha comparecido a um número suficiente de sessões de TC para saber como a coisa funcionava: confesse e chore, assim você sai do círculo. Mas o meu receio era que, ao abrir a boca, eu dissesse muito mais do que queria que as pessoas soubessem.

– Você acha que é muito guerreira, com esse cabelinho punk e esses piercings. Só que a tinta já está desbotando e os piercings foram confiscados. Então sobrou o quê? – gritou V. – Você agora é só uma garota comum com tinta na pele. Não é melhor do que ninguém!

Os olhos dela buscavam os meus, implorando por algo, então entendi tudo: ela estava jogando iscas para as cadelas raivosas, criando um rastro falso para que elas não me pegassem. Agora, sim, eu tinha certeza de que V era minha amiga.

– Você acha que é durona, mas já vi você chorando um montão de vezes – disse Tiffany, juntando-se à matilha com gosto.

Mas aquilo era uma grande mentira. Eu não chorava havia muito tempo. Então, cravei um olhar venenoso na garota, e assim fiquei até ver que era *ela* quem estava prestes a chorar. Pentelha puxa-saco.

Outras garotas gritaram comentários igualmente babacas, mas não conseguiram me afetar. Reuni um pouco daquela força sobre a qual Jed tinha falado e comecei a fuzilar todas com o olhar, desafiando-as a continuar. Na ausência de ar, o fogo se apaga, e o Xerife não tinha a mesma paciência dos outros conselheiros, que por vezes deixavam as pessoas por uma hora inteira no olho do furacão. Dez minutos depois, fui retirada do centro do círculo. Era bem provável que me rebaixassem para o Nível Dois, mas eu não estava nem aí.

– Srta. Wallace – chamou o Xerife, apontando sua espingarda imaginária na direção de Martha.

Na mesma hora, senti um frio na barriga. Martha era a gordinha que compartilhava o quarto comigo. Nas sessões de TC, ninguém se dava pior do que as gordinhas, e o Xerife, um homem sem a mais remota noção do que era ser mulher, adolescente e gordinha, era particularmente cruel. Além disso, entre as meninas havia uma energia represada, porque eu não tinha me rendido. Elas descontariam tudo em Martha.

– E aí, baleia?

– E aí, barril de banha? Por que você não consegue fechar a boca?

Algumas meninas começaram a grunhir que nem porcos e o Xerife abriu um sorriso de satisfação. Gostava de dizer que era preciso quebrar as pessoas para depois consertá-las, mas aquilo era demais. Na minha escola em Portland, esse tipo de xingamento dava suspensão na certa, mas na Red Rock chamavam de terapia. À medida que os insultos se multiplicavam, Martha baixou os olhos para o chão e seu rosto ficou escondido sob os cabelos escorridos. Começou a arrastar os pés, como era típico dela. Encurralada, parecia uma girafa tentando se esconder atrás de um rato. Não ousava erguer a cabeça. Ninguém ali fingia ser compreensiva; ninguém soltava as pérolas psicológicas de costume, coisas como usar a comida para compensar a solidão ou esconder a beleza. Eram um bando de malucas descontando na pobre coitada as próprias questões de autoimagem. Martha permaneceu muda o tempo todo, mas cometeu o erro de não encarar ninguém – um claro sinal de derrota. De costas para mim, só percebi que ela estava chorando quando as lágrimas começaram a pingar no tapete emborrachado. Depois que a pessoa na berlinda abre as comportas, geralmente é consolada com um abraço coletivo ou tapinhas carinhosos nas costas, mas Martha só recebeu uma caixa de lenços de papel.

Na hora do jantar, sentei do lado de Martha, que, como eu, tinha o hábito de ficar sozinha no refeitório. Para minha surpresa, Bebe, Cassie e V se juntaram a nós.

– Desculpe, Martha – lamentei. – Hoje você foi crucificada por minha culpa.

– Não, não foi – interveio V. – Nenhuma das duas tem culpa de nada. A culpa é deste lugar, que usa a crueldade como terapia. Não à toa, muitas meninas saem daqui mais piradas do que entraram.

– Hoje fui particularmente cruel com você, colega – disse Bebe. – Desculpe ter chamado você de piranha.

– Agora você pede desculpas, né? – falou Cassie. – Mas na hora você bem que estava se divertindo.

– Até que é meio divertido. Além do mais... o que é que tem? Todo mundo é meio piranha hoje em dia, não é?

Martha apenas baixou os olhos para o prato, em silêncio. Mas dali a pouco resmungou:

– Eu não entendo.

– O quê? – perguntei.

– Eles querem que eu emagreça, mas olha só para a comida que eles servem aqui! – Martha apontou para o prato de nuggets e batatas fritas, além de umas cenouras que, de tão cozidas, ameaçavam se desmanchar sob a margarina derretida. – Se eu comer esta porcaria, vou engordar ainda mais. Mas, se não comer, eles vão me denunciar! – reclamou ela, gesticulando em direção aos conselheiros que zanzavam pelo refeitório com suas pranchetas em punho. Depois, começou a chorar.

Pobre Martha. A comida na Red Rock realmente não era nada saudável. Só congelados e porcarias, servidos em marmitinhas de alumínio: hambúrgueres de origem duvidosa, burritos, pizza, cookies, empanados de peixe ou frango, o mais vagabundo dos sorvetes. A única parte "natural" era uma salada de alface com uns tomates que davam medo de tão velhos. Tudo era tão nojento que, na maioria das vezes, eu acabava comendo um sanduíche com geleia ou manteiga de amendoim. Mas as gordinhas não tinham direito a isso: eram monitoradas o tempo todo. Se comiam muito, os conselheiros as censuravam; se não comiam, eram acusadas de greve de fome e também censuradas. Martha precisava perder peso, mas, nesse glorioso dilema da Red Rock, também precisava limpar o prato.

– Martha – disse V, seca como sempre. – Não chore. Não deixe que eles vejam você assim, num momento de fraqueza. Tem jeito para tudo aqui.

– Jeito? Que jeito? – perguntou Martha, virando o rosto para ela.

– É, do que você está falando? – questionei.

– Não é o lugar nem a hora para falarmos disso – respondeu V. – Mas logo, logo teremos mais uma lição para vocês, novatas.

– Onde? Quando? – insisti.

– Shhh. Bebe vai cuidar de vocês. Agora é melhor a gente se separar, senão vamos chamar atenção – sussurrou V, e ficou de pé antes de dizer em alto e bom som: – Fico muito feliz, Martha, que você finalmente esteja percebendo que usa a comida como muleta.

Então, deu uma piscadela para ela e foi embora.

8

– Não faça barulho.

Bebe cobria minha boca com a mão, ajoelhada ao lado da minha cama, de pijamas. Assim que abri os olhos, ela levou o indicador à própria boca e sussurrou:

– Saia da cama.

Ela foi até Martha e fez a mesma coisa. Só que ela levou um baita susto ao ser acordada e, por um segundo, Tiffany pareceu acordar também. Prendemos a respiração, até que vimos a lourinha bulímica rolar na cama e voltar a roncar, afogada em sua montanha de bichinhos de pelúcia.

Bebe nos conduziu pelos corredores até o ponto em que a ala residencial da escola se juntava à administrativa. Apontou para a cadeira do guarda, que estava vazia, depois para a despensa, onde o troglodita dormia profundamente.

– Ele sempre tira um cochilo entre uma e três da madrugada, então, gatas, esta é a nossa "janela de oportunidade".

Era uma e quinze.

– Como foi que você acordou sem o despertador?

– Nem cheguei a dormir. Fiquei repetindo na cabeça um capítulo inteiro de uma das novelas da minha mãe. É o que sempre faço quando quero dar umas boas risadas.

– Mas e as câmeras de segurança? – perguntei.

– Não tem nenhuma nos corredores e, mesmo que tivesse, não dá para ver nada numa escuridão dessas.

Bebe nos levou até um pequeno escritório onde V e Cassie já estavam. Sentamos em círculo no chão, de frente umas para as outras.

– Uau. Como vocês ficaram sabendo desta sala? E como entraram aqui? – perguntou Martha.

V ergueu uma pequena chave prateada.

– Segredo número um: a chave mestra. Abre todas as portas deste lugar.

– E como ela foi parar nas suas mãos? – indaguei.

Foi Cassie quem respondeu:

– A sorrateira V conseguiu roubar a chave daquele aro gigante do Xerife.

– Digamos que eu tenha... *libertado* esta chave – emendou V. – O Xerife acha que a perdeu. E, claro, ninguém nesta espelunca ia querer pagar para trocar todas as fechaduras. Agora, vamos ao que interessa.

– Mas... e se pegarem a gente? – perguntou Martha. – Não quero ser mandada de volta para o Nível Um.

– Ninguém vai pegar a gente – disse a V, impaciente.

– Como você sabe disso? – questionei.

– Olha, faz séculos que estou neste lugar. Conheço muito bem os hábitos desse guarda. Toda noite ele dorme de uma às três. Vocês acham que eu faria uma coisa dessas se fosse arriscado? Estou no Nível Seis.

– Gatas, chega de papo furado, ok? – disse Bebe. – Será que a gente pode começar agora?

– Acho que devia ter pelo menos algumas palavras de abertura – opinou Cassie. – Para tornar a coisa mais... oficial.

– Concordo – falou V, então acrescentou: – Senhoritas, sejam muito bem-vindas ao nosso... clube, é isso? Ou gangue?

– Ah, vamos chamar de clube... vamos! – exclamou Martha, empolgadíssima.

– Ao nosso divinamente fabuloso... – começou Bebe.

– E ultraexclusivo... – acrescentei.

– Clube... – prosseguiu Martha.

– De malucas! – finalizou Cassie.

– Tudo bem então. Bem-vindas ao nosso Divinamente Fabuloso e Ultraexclusivo Clube de Malucas – disse V. – Agora falando sério... Depois de um ano e meio de clausura, descobri diversas maneiras de contornar as regras da Red Rock. Odeio este lugar e estou disposta a fazer qualquer coisa proibida. Essa é minha guerrilha particular.

As três veteranas foram explicando a mim e a Martha, entre outras coisas, como contrabandear cartas para fora da escola: bastava entregá-las a uma simpática veterana Nível-Cinco ou Nível-Seis antes de algum programa na cidade. Outra possibilidade era dá-las ao pessoal que fornecia a comida; sempre havia um ou dois em que era possível confiar.

– Mas, antes de entregar qualquer coisa para quem quer que seja – advertiu V –, é sempre bom conferir com uma de nós. Os funcionários da Red Rock recebem gratificações para dedurar a gente, mas ganham uma ninharia de salário, logo alguns deles preferem dar com a língua nos dentes a embolsar 20 pratas para ser pombo-correio.

– Além disso – completou Cassie –, garanto que, depois que já estiverem aqui por um tempo, vocês também vão poder receber cartas de pessoas que não sejam parentes. – Ela piscou para mim.

– *Como?* – perguntei, mal acreditando. – Eles leem tudo!

– Brit, *darling*, ouça e aprenda – respondeu Bebe. – É só você pedir para o remetente fingir que é sua mãe, seu irmão ou seja lá quem for. Eles leem todas as cartas que saem daqui, mas só dão uma olhada superficial nas que chegam de fora e, se no fim estiver escrito alguma coisa como "Beijos da mamãe e do papai", se dão por satisfeitos. São um bando de preguiçosos, graças a Deus.

– É verdade, mas vocês precisam tomar muito cuidado – alertou V. – O mais prudente é usar códigos na hora de escrever. Se não fizerem isso e eles pegarem sua carta, você vai se ferrar.

– Mas que código é esse? – perguntei.

– Ei, vocês ouviram isso? – disse Martha.

Nós congelamos.

– Juro que ouvi uma voz – sussurrou Martha, e V sinalizou para que ela se calasse.

Ficamos em silêncio. Além da nossa respiração, só o que se ouvia era o tiquetaquear de um relógio no corredor. Só por garantia, parei até de respirar o máximo que consegui. Não queria ser pega justamente agora que estava fazendo amizades. Ao cabo de cinco minutos, V saiu para dar uma espiada e viu o guarda roncando a toda.

– Alarme falso – avisou. – Estamos seguras.

– Desculpe – falou Martha. – Eu podia jurar que...

– Não precisa se desculpar. É sempre bom ter cuidado – disse V, meneando a cabeça para enfatizar.

– A gente pode voltar ao assunto do código? – falei, já pensando nas cartas que adoraria receber de certa pessoa.

– Certo, o código – disse V. – Até aqui a gente fez o seguinte, e tem funcionado muito bem: qualquer informação sobre as condições deste lugar devem ser disfarçadas como preocupações com a saúde do vovô, da vovó, da tia Josefina ou de sei lá quem. Declarações de afeto ou amor por parte de amigos ou namorados podem ser feitas por meio de longas descrições do tempo, dos dias lindos que vem fazendo ultimamente. Óbvio: na primeira carta contrabandeada vocês já devem explicar as regras básicas. Fora isso, cabe a vocês inventar os próprios códigos. Tudo não passa de um joguinho de segundas intenções. Vocês vão entender direitinho o que o outro está querendo dizer. Bebe até meio que conseguiu fazer sexo por carta com o limpador de piscina, tudo em código, e o cara nem fala inglês.

– Fala, sim – protestou Bebe. – E o nome dele é Pedro.

– Mas não é para dar mole – prosseguiu V. – Não tentem fazer nenhuma gracinha. A gente nunca sabe se uma carta vai ser lida de verdade. Aquela Dra. Clayton é uma mulher esperta. Se sentir algo podre, sua batata vai assar.

– Essa frase não ficou muito legal, né? – provocou Cassie.

V fuzilou-a com os olhos.

– Se pegarem uma carta nossa, frases mal construídas serão o menor dos nossos problemas. Tomem muito cuidado. Fiquem atentas a tudo. Sempre tem alguém de olho na gente.

Ficamos imóveis, sentadas em círculo na escuridão, em meio a um silêncio agourento. Após alguns minutos, V consultou o relógio do corredor.

– São quase três da manhã, então daqui a pouco a gente precisa voltar. Só mais uma coisa: depois de um tempo aqui, é possível ganhar algumas poucas horas de liberdade lá fora sob condições muito particulares. Assim que tiverem o privilégio de passar, vocês podem dar uma escapulida. Cassie já fez isso. Uma garota aí, Deanna, conseguiu até sumir numa noite de acampamento e voltar de manhãzinha sem que ninguém suspeitasse. Isso foi antes de eu chegar, mas ela ficou famosa por aqui. Estamos a quilômetros de distância de qualquer lugar decente, logo as escapadelas são mais uma medida de último caso, só para quando a gente precisa respirar um pouco. Na minha opinião, nenhuma novata devia correr esse risco. Mas só de saber que isso é possível já dá um alívio, não dá?

Todas fizemos que sim, e Martha levantou a mão.

– Martha, isto aqui não é uma sala de aula, é? Desembuche.

– A comida... – começou ela, baixinho.

– Ah, claro a comida – entendeu V. – É tão simples que eu já ia me esquecendo: meias.

– Ahn?

– Meias – interveio Bebe. – É só você usar aquelas meias cafonas enormes que embolam no tornozelo da gente. Sempre dá para contrabandear alguma coisa dentro delas. Ninguém percebe nada e, depois, você pode esconder a comida lá embaixo no pátio.

Martha olhou para as próprias meias grossas e brancas.

– Como é que eu não pensei nisso antes?

– Agora a gente precisa ir. O guarda está quase acordando – alertou V. – Então prestem atenção nesta última coisa. É importante. A Red Rock não está aqui para consertar a gente, mas para servir de depósito enquanto eles mamam o dinheirinho dos nossos pais sem noção. O Xerife, a Dra. Clayton, os conselheiros... eles não estão nem aí. E também não querem que uma se preocupe com a outra, por isso a gente precisa ficar muito esperta. Se a gente se apoiar, ninguém vai ficar tão doida quanto nossos pais acham que a gente já é.

V esticou o braço à sua frente.

– Uma por todas e todas por uma? – perguntou Martha.

V assentiu e Martha também estendeu a mão.

Fazendo o mesmo, Bebe disse:

– Não podemos esquecer, gatas, que somos o Divinamente Fabuloso e Ultraexclusivo Clube das Malucas.

– Irmãs – emendou Cassie, acrescentando sua mão.

Fiz o mesmo e senti a força da nossa união.

– Irmãs Insanas.

9

Querida Brit,
Feliz Dia de Ação de Graças!
Aposto que vão servir uma bela ceia na escola, não vão? Por aqui não vamos fazer nada de especial. Sua avó queria muito vir, mas tem sentido muitas dores no quadril, não está podendo dirigir e, como você sabe, detesta aviões. Mas tenho certeza de que, se você estivesse aqui, ela acabaria dando um jeito. A vovó faz qualquer coisa por você.
Recebemos alguns relatórios aí da escola. Vi que você tem tirado ótimas notas, e eu e sua mãe ficamos muito felizes. A psiquiatra disse que você tem progredido bastante, mas ainda resiste a encarar certas coisas. Espero que você tire o maior proveito possível dessa oportunidade de trabalhar sua revolta.
Também fomos informados de que você agora tem permissão para mandar cartas. Não vejo a hora de receber a primeira. Talvez façamos uma visitinha depois do Natal, caso seus professores não se oponham.
O que mais posso dizer? Por aqui, muita chuva e muito céu cinzento, como sempre. Não há quem não tenha pegado uma gripe no mês passado. Quando escrever, conte como são as coisas na escola. Sei que você não gostaria de estar aí, mas, de qualquer modo, deve ser um alívio estar longe desse nosso tempinho tão ruim aqui de Portland.
Abraços carinhosos,
Papai

P.S.: Vou tirar uma foto do Billy com uma baqueta na mão e mandar para você!

• • •

Querido papai,
Tenho certeza de que o Dia de Ação de Graças será maravilhoso este ano. Vamos nos reunir nas salas quentinhas e confortáveis que temos por aqui e saborear uma deliciosa ceia caseira enquanto agradecemos a Deus pela supervisão constante, pelos trabalhos forçados, pelos insultos e pela espionagem. Depois vamos nos fartar com uma bela torta de abóbora e assistir a um filme na TV, provavelmente "A felicidade não se compra". No dia seguinte, vamos ao shopping para comprar presentes.

Alô-ou! Sei que, para você, sou eu quem tem delírios, mas me diga uma coisa: exatamente para onde você acha que me mandou? Para um colégio na Suíça? Não posso contar como este lugar é horrível; de qualquer forma, você não acreditaria em mim.

Continuo sem entender por que estou aqui. Os conselheiros acham que o trauma com a mamãe me transformou numa pessoa perturbada e agressiva, mas você e eu sabemos que isso não é verdade. Acho que o real motivo da minha presença neste manicômio não tem nada a ver comigo, nem com você, nem com o que aconteceu com a mamãe, mas com a sua mulher. É óbvio que ela quer uma família de apenas três pessoas. Para ela, quatro é demais. Ela fez uma lavagem cerebral em você, levando-o a pensar a mesma coisa.

Quanto à mamãe, faz três anos que venho lidando com as feridas, e só porque não tenho vontade de choramingar na frente de uma médica de jaleco (que, aliás, nem é psicóloga, psicanalista ou psiquiatra; por acaso você se deu o trabalho de verificar as credenciais dela antes de me trancafiar aqui?) não significa que eu esteja em negação. O que vocês querem que eu faça? Que eu ande por aí com um crachá dizendo: "Olá, meu nome é Brit e minha mãe *é esquizofrênica"? Porque é isso que eles chamam de "progresso" neste buraco.*

Não posso pensar muito em como vim parar aqui, porque, quando faço isso, sinto que fui traída por você e, depois, fico pior do que já fiquei em toda a minha vida. Por acaso a vovó sabe para onde foi que você me mandou? Aposto que ela ficaria furiosa se soubesse, mas, de qualquer forma, a opinião dela nunca teve nenhum peso nas suas decisões, não é?

Acho bom que você venha me visitar. Vendo de perto o que é isto aqui, talvez você possa repensar a sua decisão, ou melhor, a decisão <u>dela</u>.

Brit

P.S.1: Tenho tirado notas boas só porque as matérias aqui são as mais básicas possíveis. Até o Billy tiraria 10 na Red Rock.

P.S.2: Eu preferiria mil dias de chuva em Portland a um único dia de sol neste buraco dos infernos.

• • •

– Vi que você ainda não escreveu para os seus pais – disse a Dra. Clayton, batendo a caneta contra a prancheta, um hábito que tinha, juro por Deus, só para deixar bem claro o poder daquela Bic. – Você se importaria de me dizer por quê? Geralmente as alunas ficam felizes da vida quando chegam ao Nível Quatro e enfim podem se comunicar com a família. Sobretudo no Natal, no feriado de Ação de Graças... Todo mundo gosta de mandar pelo menos um cartão.

Isso era verdade. Inclusive, mandavam imprimir uns cartões radiantes que exibiam um bando de alunas com chapeuzinho de Papai Noel e shortinho bem curto, todas sorrindo de orelha a orelha. Pura propaganda enganosa.

Eu tinha escrito não sei quantas versões diferentes de uma carta para o papai, mas as rasguei e enterrei na pedreira, em parte porque, como a V já alertara, nossa correspondência podia ser inspecionada por um conselheiro qualquer. Portanto, era preciso evitar as críticas para que, depois, elas não fossem usadas contra nós nas sessões de terapia. A Dra. Clayton já agia como se me conhecesse melhor do que eu mesma, e essa arrogância me deixava furiosa, com vontade de quebrar tudo à minha volta. Eu jamais permitiria que ela lesse minhas cartas para o papai, mas também não me sentia capaz de forjar um texto boboca só para dizer que tinha escrito alguma coisa.

O problema era justamente este: em dois meses de Red Rock, eu já tivera tempo mais do que suficiente para pensar nas coisas. Jed não saía da minha cabeça, e só isso me fazia sentir bem. Mas, quando meu foco não era ele, eu pensava no papai, na mamãe e, infelizmente, na Monstra também. Ficava espantada com o tanto que o papai tinha mudado. Por mais que eu quisesse botar toda a culpa nos ombros da megera, a triste verdade era que papai tinha sido conivente com o plano dela. Se cinco anos antes alguém dissesse que meu paizão boa-praça estava pensando em despachar a filhinha querida para uma caserna no inferno, eu diria que absolutamente nada, nem mesmo um revólver encostado na testa, poderia convencê-lo a cometer uma barbaridade dessas.

– Mas então por que ele concordou? – perguntou V.

As Irmãs Insanas vinham se reunindo uma vez por semana na tal sala vazia, e era nesses encontros que a gente *realmente* fazia algum tipo de terapia. Só ali era possível falar abertamente dos nossos problemas pessoais. Naquela madrugada em particular, eu estava à vontade para dividir com as meninas a tese de que a Monstra não tinha agido sozinha.

– Sei lá – respondi. – Acho que ele é muito influenciável e ela é uma megera controladora.

– Mas você é filha dele – replicou Bebe. – Se não quisesse ver você aqui, poderia ter se oposto de alguma forma.

– Talvez ele também já esteja farto de mim.

– É *claro* que ele não está farto de você! – protestou Martha.

V arqueou a sobrancelha, Bebe estreitou os olhos e Cassie caiu na gargalhada.

– Que foi? – questionou Martha.

– É óbvio, gata. Se o papaizinho quisesse ela por perto, por que diabos teria mandado a Brit para cá? – perguntou Bebe, e depois se virou de novo para mim. – Mas uma coisa já está bastante clara aqui: deixando de lado o seu transtorno desafiador opositivo, você é uma pessoa absolutamente normal. Aliás, a garota de 16 anos que não tiver pelo menos um desses "sintomas" vai ser aquela que um dia vai chegar à escola com uma metralhadora na mochila e matar todo mundo. Então minha pergunta é: por que o seu pai botou você para correr?

– Talvez porque... – comecei a dizer, mas não fui adiante.

– Porque o quê? – cutucou V.

– Talvez porque eu seja... um lembrete do que aconteceu com a mamãe.

Assim que as palavras saíram da minha boca, tive certeza de que era isso mesmo. As Irmãs já sabiam que mamãe tinha sumido depois de um surto de esquizofrenia, mas eu não contara tudo. Elas não sabiam, por exemplo, da tortura que havia sido acompanhar durante um ano inteiro as sucessivas mudanças na personalidade dela; da interminável troca de psiquiatras; das mil vezes em que papai inutilmente implorara que ela experimentasse novos medicamentos e até mesmo uma terapia de choque; da agonia que fora para ele decidir se devia ou não interná-la. Eu não havia contado a ninguém sobre a última vez que tínhamos visto mamãe: ela estava zanzando de um lado para outro diante da porta dos fundos de uma livraria, perto das caçambas de lixo. Parecia mais uma mendiga sem teto, dessas que lotam as ruas de Portland, do que a mãe de alguém. Eu também não havia contado às meninas sobre o comportamento do papai depois desse dia, do seu afastamento gradual.

– Realmente você falou que se parece *muito* com a sua mãe – lembrou Cassie.

– Bem, nesse caso... – disse Bebe, e cortou o ar com a mão. – Mistério resolvido! E, olha, eu bem que simpatizo com você. Tenho certeza de que a minha mãe não suporta a minha incrível semelhança com o Marido Número Três, isto é, meu digníssimo pai. Afinal de contas, foi o único homem que deu um pé na bunda dela.

– Que nada. Você é a cara da sua mãe – retrucou Martha, corando. – Vi uma das novelas dela, *Amor e vingança*. Ela era o máximo. Nem sei como ela ainda não ganhou um Emmy.

– Ah, muito obrigada, Martha, mas o que uma coisa tem a ver com a outra?

– Se a Brit é a cara da mãe, foi por isso que o pai concordou com a Monstra em mandá-la para cá. Para não ficar lembrando o tempo todo da ex-mulher.

– Sei não, Brit – comentou V. – Isso está Cinderela demais para o meu gosto. No caso da Gata Borralheira, pelo menos o pai estava morto, o que explica a situação dela com a madrasta. Mas seu pai está vivo, portanto a comparação não é muito válida.

De repente me dei conta de que as Irmãs tinham razão, mas só até certo ponto. Era bem possível que papai tivesse me despachado para não ficar se lembrando da mamãe, mas depois de algumas sessões com a Dra. Clayton, eu já começava a suspeitar que talvez as razões dele fossem ainda piores. E se ele achasse que eu ia acabar meus dias como ela?

• • •

A Dra. Clayton continuou a botar pressão, querendo saber o porquê da minha falta de entusiasmo para mandar cartas. Eu insistia que não era muita boa em escrever e que o papai já recebia notícias minhas regularmente pelos relatórios da escola.

– Ele está muito feliz com as minhas notas e falou que talvez me faça uma visita. Quando o papai vier, a gente vai colocar nossa conversa em dia. Mas adoro receber as cartas que ele manda.

A mulher me fuzilava com os olhos. Difícil dizer se acreditava na minha falsa docilidade. Por outro lado, se não fosse o caso, não teria me promovido ao Nível Quatro. Segundo dissera V, isso havia acontecido pelo mesmo motivo de todas as alunas que estavam ali por conta de uma apólice de seguro: eles precisavam dar a entender que a gente podia voltar para casa em três meses. A maioria das pessoas chegava depressa ao Nível Quatro, mas as que tinham nascido em berço de ouro podiam apodrecer indefinidamente na famigerada Red Rock.

No entanto, eu não estava mentindo quando disse que gostava de receber cartas do papai. Em novembro, eu havia conseguido contrabandear uma carta para o Jed, apenas para dar um alô, explicar minha situação e pedir notícias da banda. Eu não queria dar muitos detalhes sobre a minha vida na Red Rock, pois, para falar a verdade, tinha um pouco de vergonha. Nesse texto, eu me dirigia a todo mundo na banda, embora a tivesse mandado para o endereço do Jed (eu não, mas uma Nível-Seis chamada Annemarie). Também expliquei como funcionava a tal história do código caso alguém quisesse enviar uma resposta. Não queria pressionar o Jed a escrever algumas linhas para a coitadinha da presidiária. Não queria que ele sentisse pena de mim. Mas, quando recebi uma carta logo depois do Dia de Ação de Graças, logo soube que era dele. Jed tinha uma máquina de escrever Underwood que ele adorava e a utilizara para datilografar não só a carta em si mas também o endereço no envelope.

Jed havia entendido perfeitamente o artifício do código, o que não chegava a ser nenhum espanto, pois os compositores já estão acostumados a escrever em código. Boa parte da carta falava do meu "tio Claude", que tocava violino num grupo de música de câmara. Claude tinha ficado muito doente e o grupo se vira obrigado a seguir tocando sem ele, para grande prejuízo da música. Jed contava também que, em Portland, os dias andavam muito mais chuvosos que de costume, e fiquei sem saber se isso era uma mensagem cifrada, dizendo que ele estava com saudades, ou apenas a mais pura expressão da verdade – tudo era possível quando se tratava de Portland. Mas ele terminava a carta dizendo que já não aguentava mais o inverno longo e escuro e não via a hora de rever o verão com seus dias de sol e noites de vaga-lume. Quando li isso, claro, senti o coração dar cambalhotas de alegria.

10

A cada duas semanas, quando o clima permitia, as internas do Nível Três e Quatro eram arrastadas para uma caminhada de 15 quilômetros nas montanhas. O Xerife gostava de se referir a essas pequenas expedições como "terapia ambiental".

– Terapia ambiental, o cacete – disse Bebe. – Isto aqui é a Marcha da Morte.

– Odeio essas caminhadas – choramingou Martha. – Pensei que elas fossem parar no inverno.

– Só depois que começar a nevar, gata. E, este ano, a neve está atrasada. Para o nosso grande azar. Caramba, está quente assim e já estamos em dezembro! Estou suando em bicas. *Arrrgh*. – Bebe abriu o cantil para ver a quantidade de água. – Não dá para ver nada nesta porcaria.

Por algum motivo, eles tinham dado a cada uma apenas um mísero cantil de água, uma maçã e um saquinho plástico com uma mistura de nozes, passas e castanhas.

– É pra gente queimar gordura – explicou Martha.

– Não, gata, é porque o sofrimento forma o caráter – falou Bebe. – Se realmente ficarmos com fome, vamos ter que catar insetos por aí, que nem animais.

– Provavelmente vou acabar comendo um cogumelo venenoso.

– Com sorte vai encontrar outro tipo de cogumelo, do tipo mágico.

– Meninas, estamos no deserto – intervim. – Não tem nenhum cogumelo por aqui. Só cactos.

– Que nojo. Que *nojo* – comentou Bebe.

– Ei, vocês três aí – disse Missy, uma fundamentalista da Red Rock que tinha chegado ao Nível Quatro praticamente em uma semana. – O Xerife mandou vocês pararem de conversar e apertarem o passo.

– Sim, senhora! – exclamou Bebe, destilando sarcasmo.

Missy voltou para a dianteira do grupo e Bebe balançou a cabeça.

– Síndrome de Estocolmo. Muitas meninas sofrem disso por aqui. Pessoas que amam seus sequestradores.

– Só estão puxando o saco deles para sair daqui – falei.

– No início, talvez, mas depois acabam gostando. Acho que gostam até destas malditas caminhadas. Ai, meu Deus, será que ainda falta muito para acabar este suplício?

Bebe continuou resmungando, mas a patricinha tinha feito esteira o suficiente para aguentar o tranco. Já eu só me deslocava por Portland de bicicleta, uma Schwinn Cruiser velhinha. Além disso, no tempo em que mamãe ainda estava por perto, papai sempre levava a gente para fazer trilha no Forest Park. A Monstra, claro, prefere mil vezes passar os fins de semana dentro de um shopping. No fundo, no fundo, eu bem que gostava daquelas caminhadas do Xerife, em parte porque sabia quanto a Monstra ia odiar se precisasse participar de uma delas.

Mas a Martha estava sofrendo à beça.

– Mal dá para respirar – disse entre uma bufada e outra. – Não vou conseguir chegar ao fim.

– Você sempre diz isso, gata, mas sempre consegue – replicou Bebe.

– Um passo de cada vez – falei para encorajá-la.

– Meus pés estão me matando.

– Não pense neles. Admire a paisagem.

O cenário era lindo, quase de outro mundo: terra vermelha, penhascos vermelhos, rochedos estranhos que lembravam caixões se projetando por toda parte. Parecia Marte.

– Não quero admirar paisagem nenhuma – resmungou Martha. – O que eu queria mesmo era sair daqui. Queria estar em Ohio, passeando num parque qualquer, indo para um piquenique.

– Um piquenique! *A-mei* a ideia! E o que vai ter nesse piquenique? – perguntou Bebe.

– Ahn?

– Qual será o menu? – insistiu Bebe.

Martha ficou calada por um tempo, depois respondeu:

– Os sanduíches de salada de frango da minha mãe. São os melhores do mundo. Sem muito gosto de maionese, sabe?

– E o que mais? – indaguei, feliz por poder distraí-la um pouco.

– Mamãe faz uma batata assada que vai duas vezes ao forno, com queijo e creme azedo. É para ser comida quente, mas também fica uma delícia fria. Vai ter cenouras e aipos cortadinhos, só para ficar mais saudável. E melão. E uma limonada geladinha. Feita em casa, não essas de pozinho.

– E de sobremesa? – instiguei.

Martha refletiu um instante.

– Podemos ter duas opções?

– O piquenique é seu, *darling*: pode ter o que você quiser – respondeu Bebe.

– Bolo de sorvete. É um bolo que a vovó costumava fazer. Biscoitos de chocolate esmagadinhos com chantilly e calda de chocolate, tudo levado ao congelador. É tipo um bolo de sorvete comum, só que não derrete depois.

Àquela altura, Bebe e eu já estávamos salivando.

– E a segunda opção, qual é? – perguntei.

– Tortinhas de morango. Dessas individuais, superfininhas, com morangos bem gordos que nós mesmas colhemos, e chantilly.

– Ai, pare com isso, Marthinha – reclamei. – É uma tortura, pior do que esta caminhada.

– Eu sei. Estou morrendo de fome.

Faltava pouco para chegar ao topo da montanha quando nos sentamos no chão para comer nosso lanche fingindo que estávamos no piquenique-ostentação imaginado por Martha. Quase funcionou.

Dali a duas semanas, tivemos a primeira nevasca da estação.

– Graças a Deus! – comemorou Martha, admirando os flocos. – É o fim da terapia ambiental.

Infelizmente, no entanto, a neve não pôs fim às sessões de terapia em grupo que aos poucos comecei a odiar tanto quanto meus encontros com a Dra. Clayton. Nos primeiros meses, eu tinha feito o possível para passar despercebida e o truque meio que dera certo. Nas sessões de TC, eu fora colocada na berlinda apenas aquela vez com o Xerife. Mas, depois do Dia de Ação de Graças, de uma hora para outra acabou minha folga. Agora eu era o saco de pancada da turma. Numa única semana, fui parar duas vezes na berlinda, mas não conseguiram me fazer chorar, nem mesmo quando falaram da minha mãe. Além disso, algumas meninas com Síndrome de Estocolmo ficavam cada vez mais venenosas comigo, toda hora me acusando de não me esforçar o suficiente para cumprir o programa. Como se isso fosse da conta delas.

Para piorar, agora que o tempo havia esfriado, os conselheiros patrulhavam o pátio com mais rigor, andando para esquentar o corpo, e isso meio que acabou com a moleza que a gente tinha na pedreira. Agora não conseguíamos mais conversar em paz direito, porque volta e meia aparecia alguém para nos separar. E, sabe-se lá por quê, eles agora eram muito mais rígidos, implicando com tudo. Por causa da minha bexiga pequena, eu precisava fazer xixi toda hora, pois bebia muita água quando carregava blocos de cimento. Nos meses de calor, podíamos ir ao banheiro de hora em hora, mas agora no frio podíamos ir apenas de duas em duas horas. Na maioria das vezes, quando eu levantava a mão, eles me deixavam ir, mas um dia um dos brutamontes negou.

– Acho que você usa sua bexiga como uma forma de controle.

Claro. Para controlar meu xixi. Eu já estava quase mijando nas calças, então esperei o cara se afastar e me agachei atrás de uma pedra.

Jenny, uma pentelha do Nível Quatro, viu o que eu estava fazendo e imediatamente começou a gritar:

– Eca! Ela está fazendo xixi no chão!

Foi como se eu estivesse mijando em cima de uma delas. Fui arrastada para a sala da Dra. Clayton. A bruxa estava furiosa, com o rosto vermelho.

– Essa sua rebeldia constante já está começando a cansar – disse, com a maior frieza do mundo.

– A rebelde não sou eu, mas minha bexiga. Ela tem vontade própria.

A resposta aparentemente não desceu bem – engraçadinha demais. A médica ficou roxa.

– Acho que eu já tinha alertado você para ficar longe da Srta. Larson.

– Mas o que a V tem a ver com a minha bexiga? – rebati, encarando-a com a minha melhor cara de "Ficou maluca?".

– Esse tipo de insubordinação é característica dela.

Por algum motivo, isso me deixou furiosa, e agora era eu quem estava roxa.

– Eu tenho personalidade própria, Dra. Clayton, por mais que vocês tentem mudá-la aqui. Não preciso que ninguém me mande ser insubordinada.

– Estou vendo que sim, Brit. E pode acreditar: vamos dar um jeito nisso.

Àquela altura, eu já esperava ser rebaixada para o Nível Três ali mesmo, mas a bruxa tinha outros planos. Na Red Rock, as piores internas ficavam "de castigo" num barracão próximo à pedreira, um lugar com chão de terra batida e nada mais. Por três dias, em vez de carregar blocos de cimento, fui obrigada a sentar meu traseiro no chão e não fazer mais nada ao longo de quatro horas inteiras: não me mover, falar, comer e muito menos fazer xixi. Sei que o objetivo era me torturar, mas, tirando a frieza do chão e a dormência da bunda, até gostei do isolamento. Eu até senti um gostinho de vitória. Aquela gente não ia me domar assim tão facilmente.

Mas a Dra. Clayton ainda não estava satisfeita. Dali a alguns dias, durante o café no refeitório, peguei meu prato de mingau horrível e me sentei ao lado da V. A veterana fez que não com a cabeça, sinalizando para que eu vazasse dali. A princípio, fiquei sem saber se ela estava apenas tendo uma recaída no seu comportamento volúvel de Médico e Monstro. Mas depois, lá na pedreira, os conselheiros imediatamente vieram nos separar uma da outra, e foi aí que me dei conta: algo ainda mais grave estava acontecendo e eu não sabia o que era. Naquela mesma noite, Bebe me contou tudo. V tinha sido convocada até a sala da Clayton e levou um esporro pela má influência que exercia não só sobre mim, mas sobre Martha e Bebe. Tiraram dela boa parte da autoridade de Nível Seis – incluindo, para seu grande alívio, a liderança das sessões de TC – e a alertaram para ficar longe da gente, caso contrário voltaria ao Nível Cinco.

– Tudo indica que a festinha acabou, gatas – sussurrou Bebe do seu beliche.

– Festinha? Que festinha? – perguntou Tiffany. – Vocês não estão pensando em dar uma festa, né? Se for para me meter em encrenca... eu juro, conto tudo para a diretoria.

– Não tem festa nenhuma e, mesmo que tivesse, você não ia ser convidada – retrucou Bebe e, para mim, foi um alívio constatar, mais uma vez, que ela gostava de mim. Às vezes aquela patricinha podia ser uma bruxa.

Pois bem, esse foi o fim das Irmãs Insanas – pelo menos publicamente. Dali em diante, fomos obrigadas a manter a amizade ainda mais em segredo. Isso era a coisa mais absurda do mundo. Que tipo de instituição educacional ia querer que a pessoa não tivesse amigos nem se divertisse pelo menos um pouco? Que tipo de lugar ia querer que a pessoa ficasse sozinha e triste, sentindo-se desprezada, só em nome da terapia?

11

O Natal já estava chegando, mas o espírito natalino ainda não havia se instalado em nenhuma de nós. Primeiro porque as Irmãs Insanas eram censuradas. Segundo porque, em vez de melhorar o humor dos conselheiros e funcionários da Red Rock, o Natal aparentemente deixava todo mundo ainda mais ranzinza que de costume. Talvez porque, na opinião deles, a alegria natalina não se encaixasse na linha dura das "terapias" locais. Para que ninguém dissesse que eles não tinham feito nada, deixaram que a gente decorasse os corredores – e só. Ninguém aliviou a barra nas nossas atividades. Nenhuma festa, nenhuma árvore.

O clima antinatalino me levou a pensar no Natal do ano anterior. No dia 26 de dezembro, a Clod havia tocado com casa lotada na X-Ray. Depois do show, a gente tinha ido a pé até a beira do rio para trocar presentes: para o Erik, eu havia encontrado um isqueiro com o símbolo dos Ramones; para a Denise, uma bolsinha de contas; para o Jed, um livro comprado no sebo, uma edição antiga de *1280 almas*, de Jim Thompson. Ele gostou tanto que resolveu me agradecer com um beijo que acabou pegando meio na boca, meio da bochecha. Fiquei zonza durante horas. Mais tarde, quando comecei a tremer de frio, ele me abraçou para me aquecer, mas acho que foi muito mais um gesto de amizade do que qualquer outra coisa. Mesmo assim, fiquei em chamas e, se dependesse de mim, aquele momento não acabaria nunca.

Naquele ano, no entanto, isso não aconteceria. Apenas as garotas do Nível Cinco e Seis teriam permissão para receber presentes de casa. O resto só podia ganhar cartões. Trocar presentes entre nós mesmas? Nem pensar. Até porque ninguém tinha nada para dar. A direção recusara nosso pedido por uma tarde de compras natalinas no shopping mais próximo.

Ainda assim, V sugeriu que a gente se presenteasse.

– Claro que não dá para ser um presente tradicional – comentou no dia 18. Ela dera um jeito de se aproximar de mim e da Bebe na fila do refeitório. – Se desse, iria comprar meias de caxemira para todo mundo. Mas... e se a gente tentasse produzir alguma coisa mesmo assim? Vou falar com a Cassie e vocês falam com a Martha. Depois, se a barra estiver limpa, a gente se encontra no nosso local secreto na madrugada do Natal. Uma festinha particular.

Assim que V terminou de falar, eu soube imediatamente qual seria meu presente para ela. Até já havia começado a produzi-lo, graças à Dra. Clayton e àquelas horas todas de bobeira no Barracão do Castigo – o tempo acabou passando bem rápido. A possibilidade de compartilhar meu projeto com as Irmãs me deixou empolgada, mas também nervosa, pois não havia garantia nenhuma de que elas fossem gostar. Ao mesmo tempo, fiquei curiosíssima para saber o que *elas* iam me dar. Empolgada, nervosa, curiosa... não muito diferente de uma criança na véspera do Natal.

• • •

– Bem, gatas, não é exatamente um dia de festa no salão de beleza, mas é o que temos para hoje – disse Bebe, espalhando à sua frente um monte de amostras de cosméticos sofisticados: hidratantes, sais de banho, maquiagens, produtos de cabelo.

V andava aflita, achando arriscado demais a gente se encontrar secretamente na noite de Natal, mas metade dos funcionários tinha viajado e a outra metade devia estar enchendo a cara em algum lugar da escola.

– Martha, você me parece ser mais do tipo Kiehl's – continuou Bebe, entregando à garota algumas embalagens de loção de pepino. – Brit, a M.A.C. é a *sua* cara. – Ela me presenteou com um tubo de brilho labial. – Você vai adorar: é sensualidade líquida. V, seu cabelo tem perdido volume nos últimos tempos, então isto aqui é para você. – Ela lhe deu algumas amostras de produtos da Bed Head. – E, por fim, Cassie, um pouquinho de óleo de lavanda. Tem um cheirinho delicioso, mas não tão forte quanto perfume. Sei que você não é muito mulherzinha.

– Uau! – exclamou Martha. – Onde você conseguiu tudo isso?

– Esqueceu que a mamãe é uma rata de spa? O hobby dela é passar o dia inteiro no spa ou no salão. Ela me manda essa tralha desde o Nível Quatro. Então... Feliz Natal, queridinhas. Fiquem lindas. E agora, é a vez de quem?

– Poxa, agora estou achando que meu presente é uma bosta em comparação com essa muamba toda da Bebe – disse Cassie.

– Ah, deixe disso – retrucou Bebe. – Não é nada de mais. Só as sobras da minha mãe. O que você tem aí, já que o Papai Noel não deu as caras?

– Chocolate! – respondeu Cassie, exibindo uma gigantesca barra de chocolate da Hershey's.

Ficamos logo com água na boca.

– Onde você arranjou isso? – perguntou V.

– Meus velhos trouxeram para mim.

– Mas a visita foi há meses!

– Em setembro. Mas tenho certeza que o chocolate ainda está bom. Chocolate dura para sempre, não dura?

– Até chocolate do século passado está valendo – afirmei. – Mas como você aguentou três meses sem comer? Eu já teria devorado a barra inteira há muito tempo.

– Estava guardando para... para uma ocasião especial... como esta.

– Estou até comovida – comentou Bebe.

– E então, será que a gente pode comer agora? – suplicou Martha.

– Será que o sol se põe no oeste? – retrucou Cassie.

– Não faço a menor ideia – respondeu Bebe, e todo mundo caiu na gargalhada.

– Foi só uma piada, Bebe. Podem atacar, garotas – disse Cassie, rasgando a embalagem, e todo mundo já se deliciou só com o cheirinho do chocolate.

– Humm, isso, sim, é um presente dos deuses – falou V, com a boca cheia. – Martha, agora é sua vez.

– Meu presente é meio boboca. Eu não sabia o que dar.

– Martha, querida, sua inclinação para a autodepreciação já deu.

– Ahn?

– Bebe quer que você pare de se preocupar – expliquei. – Aposto que a gente vai adorar seu presente.

– Tudo bem, mas não ficaram muito bons. Eu não tinha carvão nem nada. Fiz a lápis mesmo. Estão aqui.

Martha tirou do bolso quatro retângulos de papelão mais ou menos do tamanho de um cartão-postal. Eram desenhos de cada uma de nós, desenhos ótimos que lembravam as meninas que já tínhamos sido. Na interpretação dela, éramos todas super-heroínas. Eu era representada com uma juba de cores berrantes, empunhando uma flamejante guitarra como se fosse uma arma. Bebe era uma glamorosa atriz da década de 1930, segurando uma varinha de condão. V era uma amazona gigante, elevando-se acima do planeta, prestes a esmagar com o salto da bota um prédio horroroso, não muito diferente da Red Rock. Cassie estava musculosa, usando uma camiseta que dizia NÃO SE META COM O TEXAS, e fazia malabarismo com blocos de concreto. Todas nós tínhamos uma capa e, na parte inferior de cada desenho, Martha tinha escrito "Irmãs Insanas: Série Super-Heroínas".

– Porque vocês são, tipo, as minhas heroínas.

Ficamos mudas por um tempo, à beira das lágrimas.

– Quem diria que você é essa artista toda, hein, gata? – disse Bebe.

– Esses desenhos são lindos – comentou Cassie.

– Um brinde de chocolate para nossa Marthinha – propôs V.

– Obrigada, Martha – falei, e dei um abraço nela.
– Vocês três se superaram. Agora sou eu quem está se sentindo meio constrangida. Acho que meu presente vai ser um pouco... anticlímax – disse V.
– Deixa disso, V. Você nem precisava dar presente nenhum, né? Se não fosse por você, a gente nem estaria aqui – lembrei a ela. – Esse é o maior presente de todos.

V arqueou a sobrancelha.

– Engano seu, Brit. Estamos aqui porque todo mundo fez a sua parte. Estamos juntas neste barco.

– Quanta falsa modéstia! Por acaso não é você que está sempre dando bons conselhos, ensinando o que fazer para sobreviver aqui e tornar este inferno suportável?

– Muita gentileza sua, Cinderela, e tem tudo a ver com o meu presente. Na minha última ida à cidade, encontrei duas mulheres no cinema. Para falar a verdade, foram elas que vieram falar comigo no banheiro. São ex-funcionárias da Red Rock, ex-conselheiras, mas, ao contrário dos brutamontes, têm consciência. Uma delas foi mandada embora depois de reclamar do modo como tratam a gente aqui e a outra pediu demissão em protesto. As duas moram em St. George e também odeiam a Red Rock. Falaram que, sempre que eu quisesse dar uma escapada e passar a noite fora ou fazer contato com alguém, elas fariam o possível para ajudar. Portanto, meu presente para vocês é um vale-brinde. Prometo arranjar uma noite de liberdade para cada uma. Estou falando sério. É um vale-brinde de verdade. Não é como aqueles cupons fajutos de restaurante que vocês davam para os pais no aniversário e, no fim das contas, eles precisavam pagar.

– V, isso é perigoso – disse Martha.

V deu de ombros.

– Gosto de viver perigosamente.

– Vou dizer uma coisa, irmã – interveio Cassie. – Você tem mais colhão do que muita gente por aí.

– Cassie, você não quis dizer "útero"? – disse Bebe. – Você devia saber disso melhor do que todo mundo.

– Ah, cale a boca – retrucou Cassie de forma afetuosa.

Elas se viraram para mim e, de repente, fiquei mais nervosa do que na primeira vez que subi num palco para me apresentar. Respirei fundo.

– Ok. Primeiro vocês vão ter que imaginar isto com dois violões, uma coisa assim bem leve, tipo um Nirvana acústico. Depois ela passa de sol maior para ré maior e lá menor, tipo assim... – Cantarolei as notas.

– Você compôs uma canção para nós? – perguntou V.

Fiz que sim e ela respondeu com o mais desconcertante dos sorrisos.

– Então, como eu ia dizendo, ela começa mais ou menos assim, depois entra um baixo bem grave e uma percussão bem baixinho. Tipo Beck na sua fase mais calma.

– Brit, cante logo que a gente quer ouvir.

E foi o que fiz:

Os monstros estão por todo lado,
Só que a gente olha e não vê.
Não têm garras, não têm dentes afiados,
Parecem comigo e com você.

Mas não somos donzelas em apuros,
Nem bichinhos de estimação.
Juntas podemos vencer o escuro,
Precisamos nos dar as mãos.

Somos assim, lindas e fortes.
Quem amamos não é da conta de ninguém.
Algum dia vamos encarar a morte,
A poesia é o que nos leva além.

Os monstros são fortes, não se engane,
Desejam nosso medo, nossa solidão.
Querem que entremos em pane,
Precisamos nos dar as mãos.

Naquele momento de maior fraqueza,
Quando você se encontra abatida
E não consegue enxergar com clareza,
Achando que não há mais saída,
Que não tem mais gás,
Antes de ceder à escuridão,
Se você olhar para trás,
Vai encontrar a minha mão.

• • •

Terminamos a primeira festinha de Natal do Divinamente Fabuloso e Ultraexclusivo Clube de Malucas com um abraço coletivo e olhos marejados. Depois, brindamos com taças imaginárias e cantamos mais uma vez a minha música, que V transformou no nosso hino.

Na manhã do dia 25, os conselheiros distribuíram os cartões. Recebi três: um da vovó e dois do papai. O primeiro dele tinha um bando de renas reunidas em torno de uma gigantesca bengala de açúcar e era da família inteira; o outro exibia um Papai Noel com roupa de motoqueiro numa Harley-Davidson e estava escrito apenas "Seja feliz, Vaga-Lume". No fim do dia, fiquei pensando com meus botões: aquele havia sido um dos piores natais da minha vida, mas, bizarramente, também um dos melhores.

12

– Por que você acha que seu pai mandou você para cá, Brit? – perguntou a Dra. Clayton.

Já estávamos em meados de janeiro e o céu era uma gigantesca nuvem branca com ventos que uivavam escola adentro em correntes geladas. Um horror.

– Porque minha madrasta me queria fora do caminho.

– Você não acha que essa desculpa é um tanto conveniente? A vida não é um conto de fadas – disse a mulher naquele mesmo tom monótono.

Claro, era o que as Irmãs pensavam também, mas eu jamais contaria algo assim para a bruxa. Isso era o mais irritante nela. Quer dizer, o Xerife podia ser grosso e durão, mas como a maioria das pessoas na Red Rock, não tinha lá muita paciência para fingir por muito tempo. Mas a Dra. Clayton era diferente. Para ela, minha recusa parecia uma espécie de ofensa pessoal. Toda vez que eu entrava naquela salinha bolorenta, a mulher fazia o mesmo teatro de sempre, folheando as páginas do meu arquivo e franzindo os lábios para mostrar quanto estava decepcionada. Depois dizia algo como "Você pode achar que essa rebeldia é algo digno de orgulho, mas isso é mentira. É apenas um sintoma do seu estado de negação". Blá-blá-blá. E o problema era que não dava pra gente fingir que não estava ouvindo. A bruxa não era burra: tinha um talento especial para encontrar nossos pontos fracos. Depois de alguns meses sem muito progresso, ela já tinha começado a cutucar minhas feridas sem a menor piedade.

– Seu pai não a teria mandado para cá se não quisesse que você recebesse algum tipo de ajuda.

– É o que você sempre fica repetindo.

– Por que você não se abre comigo sobre sua mãe?

– Tenho certeza de que meu pai já contou toda a história. Parece até que eu nunca tive tempo para pensar na minha mãe antes. Foram três anos para digerir a situação dela, e falar com você não vai mudar nada.

Ela suspirou e balançou a cabeça.

– Você está com raiva do seu pai porque ele mandou você para cá?

– Não. Sou muito grata. Adoro este lugar.

A médica rabiscou algumas anotações; não era lá muito fã de sarcasmo.

– Você não confia em mim, não é?

Dei de ombros.

– Por que deveria?

Aquela pergunta me deixava com vontade de rir. Apesar dos métodos altamente questionáveis, os conselheiros da Red Rock viviam me perguntando por que eu não confiava neles. Então resolvi dizer a verdade. Encarei seu rosto contraído e me soltei:

– Porque isto aqui não é um programa de auditório, em que abro o coração, depois você me dá uma enxurrada de conselhos e eu saio daqui feliz da vida. O que você quer, o que a Red Rock quer, é me transformar numa espécie de robô que nunca vai discordar da minha madrasta, levantar a voz para o meu pai e fazer coisas "rebeldes" como tocar numa banda ou pintar o cabelo. O que vocês não entendem, o que o papai não entende mais, é que não sou nem nunca fui rebelde. "Sempre dance conforme a sua própria música", era o que a mamãe costumava dizer para mim. E era assim que ela levava sua vida também. Portanto, eu não saí dos trilhos. Apenas escolhi trilhos diferentes. E é por isso que estou aqui.

Eu ofegava quando parei de falar. Imaginava que a bruxa ia ficar comovida ou pelo menos furiosa, mas por sua expressão blasé, parecia que eu tinha falado em *swahili*.

– Você tem raiva do seu pai porque ele se divorciou da sua mãe?

Me larguei sobre o encosto da cadeira, subitamente exausta com as perguntas dela. Eu compreendia os motivos para papai ter se separado, pois, embora ainda zanzasse por aí em algum lugar, ela havia desaparecido, e os médicos diziam que jamais voltaria – pelo menos do jeito que costumava ser antes. Se ela tivesse morrido, eu ia querer que papai tocasse a vida, que não ficasse para sempre chorando sua morte, e acho que era mais ou menos como se mamãe tivesse morrido mesmo. No entanto, outra parte de mim se perguntava como papai era capaz de seguir em frente sem ela.

– Por que sua mãe não foi internada? – perguntou a Dra. Clayton.

De novo, apenas dei de ombros. Papai era a única pessoa com permissão legal para fazer isso, mas simplesmente nunca teve coragem. Vovó implorava, dizendo aos prantos: "Por favor, por favor, ela é a minha menina..." Papai desandava a chorar também, mas respondia: "Não posso." Ele tinha aprendido a respeitar e a admirar o espírito livre da mamãe, por isso não se via no direito de cortar as asas dela.

Antes que alguém diga que estou em negação, nunca deixei passar o fato de que, embora não conseguisse internar minha mãe doida de pedra, papai não precisara de mais do que um empurrãozinho da Monstra para me trancafiar num reformatório. Mas eu não ia dividir *isso* com a bruxa. Minha cota diária de "honestidade" já tinha chegado ao fim. Para falar a verdade, minha paciência também. Eu precisava sair dali, mesmo que pagasse um alto preço por isso.

– Quer saber de uma coisa? Se você está tão interessada no papai, por que não o chama para fazer terapia? Ah, é. Você não é terapeuta de verdade. Só finge que é.

Num gesto brusco, a bruxa fechou meu arquivo e umedeceu os lábios pálidos e finos. Ainda tínhamos mais quinze minutos até o fim da sessão, mas ela ficou de pé. Minha ferroada havia funcionado. E também me custara um nível.

– Não me resta outra escolha senão rebaixar você para o Nível Três. Estou decepcionada, Brit. Muito decepcionada.

Ela agora me encarava com a sua melhor expressão de censura, procurando avaliar o estrago que tinha conseguido provocar em mim. Paciência. Nível Quatro, Nível Três... a única diferença era que eu não podia usar maquiagem – mas eu já não usava mesmo. E também não podia receber telefonemas. Para mim não era nenhum problema, já que as conversas de cinco minutos com papai eram mais constrangedoras do que qualquer outra coisa. Nenhum de nós sabia ao certo o que dizer e quase sempre ele colocava o Billy para balbuciar ao telefone, só para preencher o silêncio.

Rebaixamento, promoção... nada disso tinha importância. Agora que já havia passado da marca dos três meses, eu sabia que não sairia tão cedo daquele inferno. Me levantei para sair, mas antes que pudesse passar pela porta, a bruxa caiu matando:

– Cedo ou tarde você vai acabar falando da sua mãe, de como a sua natureza espelha a dela.

– O que exatamente você está querendo dizer? – berrei, incapaz de me controlar. – Mamãe não chegava tarde em casa porque tocava numa banda nem porque não gostava da madrasta! Ela dormia toda noite num banco de parque, vivia fugindo de pessoas imaginárias porque achava que estavam tentando matá-la. Minha mãe tinha uma doença, tipo um câncer, só que na cabeça. Era uma doença mental, não uma falha de caráter. E eu nunca vou falar sobre ela com você. *Nunca!*

Corri de volta para o meu quarto e me joguei na cama, chorando desesperadamente pela minha mãe e por todas as minhas feridas. Não desci para jantar e nenhum conselheiro apareceu para me obrigar. Afinal de contas, eu estava chorando. E eles adoravam quando a gente chorava.

• • •

– O que aconteceu, *darling*? – perguntou Bebe.

No escuro do quarto, eu afundava a cabeça no travesseiro, que àquela altura já estava encharcado de lágrimas.

– Brit, nunca vi você assim antes – disse Martha. – Estou até ficando com medo...

– Já está tarde – resmungou Tiffany. – Será que não dá para vocês calarem a boca? Senão vai sobrar para todo mundo, inclusive para mim.

– Vai sobrar muito mais se você não parar de encher o saco agora mesmo – rosnou Bebe.

– Vocês são cruéis. Vou contar tudo para a Dra. Clayton, juro por Deus.

– Faça isso e você vai se arrepender de ter nascido – ameaçou Martha, numa atípica demonstração de valentia que me teria feito sorrir se eu não estivesse tão péssima.

– Ah, deixa pra lá – disse Tiffany.

– Brit, conte pra gente o que aconteceu – suplicou Martha.

Não respondi nada, simplesmente porque não conseguia falar. As duas se aproximaram mais, ignorando as bufadas de Tiffany. Martha começou a afagar meu braço enquanto Bebe sussurrava "Não chore, não chore", até que caí no sono.

13

– Esta garota está precisando de uma injeção de ânimo – disse V, de pé às minhas costas junto à mesa do almoço, acompanhada de Cassie, Bebe e Martha.

Já haviam se passado dois dias desde o terrível encontro com a Dra. Clayton, mas eu ainda estava arrasada.

– Nem pensem em sentar comigo – retruquei. – Todas vamos pagar por isso.

– Acho que a gente pode viver perigosamente pelo menos desta vez – replicou V, sentando ao meu lado e sinalizando para que as outras fizessem o mesmo.

Agora elas me encaravam com um misto de tristeza e preocupação, o que era bacana, embora me fizessem sentir como um ratinho de laboratório. Depois, se entreolharam e sorriram.

– Que foi? O que está rolando?

– Prepare-se, Cinderela, porque a notícia é boa – falou Bebe.

– Você vai voltar para casa?

– Ainda não, gata, mas obrigada por pensar em mim primeiro. Na verdade a notícia tem a ver com todas nós, você inclusive. Acontece que temos uma fada madrinha. Aliás, uma fada madrinha bem improvável.

– Quem?

– Minha mãe, claro. Ela finalmente encontrou sua verdadeira vocação: vai apresentar um programa sobre spas de beleza na TV a cabo. Perfeito, né? Enfim, parece que tem vários spas metidos a besta por aqui. Alguma coisa a ver com a terra vermelha da região. Então... adivinha quem vai ganhar um dia inteiro num deles?

– Você?

– Eu com certeza, gata. Mas vocês quatro também.

– Mentira! – exclamei. – Eles nunca vão deixar. Ainda mais agora que estão de olho na gente. E acabei de ser rebaixada, esqueceu?

– Ah, mas você está subestimando o poder da fama, mesmo quando se trata de uma "subsubcelebridade" como a minha mãe. Ela prometeu vir falar com todo mundo da Red Rock e os conselheiros estão se mijando de felicidade. O Xerife até perguntou se conseguiria uma foto autografada. Pedi a mamãe que fizesse questão da sua presença, gata. Acredite em mim: eles vão fazer tudo o que ela pedir. Você só precisa de uma permissão dos seus pais. Aliás, vocês todas também.

– Eu, num spa de mulherzinha? – questionou Cassie. – Meus pais vão pirar de felicidade.

– É só eu dizer que vou fazer tratamento para celulite – comentou Martha.

– Mesmo que o pessoal aqui me deixe ir, como vou conseguir permissão? Voltei para o Nível Três, esqueceu? Nada de telefonemas. E mesmo que autorizassem, ele não ia deixar. Deve estar irritado porque não tenho feito nenhum progresso aqui.

– Mamãe vem daqui a dez dias. Escreva para o seu pai ainda hoje. Uma carta caprichada, cheia de introspecção. No fim, apele para os sentimentos dele e peça autorização. Se você mandar essa carta hoje mesmo, vai dar tempo de seu pai ligar para cá permitindo a saída.

– A menos que a Monstra leia primeiro. Mas mesmo que papai deixe, Clayton nunca vai deixar.

– Não é ela quem tem a palavra final nesses casos, gata. É o Xerife. E ele baba pela mamãe.

– Tudo bem, então vou escrever para ele. Como incentivo adicional, talvez diga que estou morrendo de vontade de cortar minhas mechas.

Isso não era inteiramente mentira. Desde minha chegada na Red

Rock, o rosa vinha desbotando para um tom horrível de laranja, e a cor natural já aparecia por todo lado.

– Por falar nisso, também estou precisando de um corte urgente – disse V.

As pontas do cabelo dela, antes tão legais e modernas, agora já andavam meio cansadas.

– Aliás, sempre tive uma curiosidade: onde você conseguiu um corte tão maneiro por aqui? Por acaso deixaram que você cortasse num salão da cidade ou algo do tipo?

V e Bebe gargalharam.

– Você é um amor, Brit. Mas, se meu corte ficou *cool*, foi por pura sorte. Eu tinha uma cabeleira quando cheguei aqui, mas raspei o quanto antes.

– Raspou?

– Passei aqueles depiladores elétricos que deram pra gente.

– Uau. Isso é tão... punk rock.

– Pois é, você não tem o privilégio da rebeldia por aqui.

V abriu um dos seus típicos sorrisos sarcásticos, mas àquela altura eu já sabia que não havia nele nenhuma má intenção. Pelo contrário.

– Queridas, será que a gente podia voltar para o assunto que realmente interessa? Um dia inteiro de liberdade. Um dia inteiro de *beleza*! Vai ser o máximo. Como dizem por aí, "banho de beleza, banho de felicidade".

Quem me visse dificilmente poderia imaginar, mas eu me amarro em ser mimada desse jeito. Mamãe e eu costumávamos tirar um dia para fazer tratamentos de beleza em casa mesmo. Eu nunca tinha posto os pés num spa de verdade. E a perspectiva de um dia de liberdade me dava uma explosão de energia. A gente ficou muito animada. Toda vez que uma cruzava com a outra nos corredores, dizia "Banho de beleza, banho de felicidade", depois caía na gargalhada. Nem o pessoal da escola se incomodava mais com nossas brincadeiras. Todos já contavam as horas para a chegada da famosíssima Marguerite Howarth, também conhecida como Ellis

Hardaway, por quinze anos a principal vilã da novela *Amor e vingança*, antes de ser assassinada pela meia-irmã. Ninguém ousava mais chamar Bebe de "Rodeo Drive" por medo de ofendê-la, eu acho, e perder a chance de falar com a mãe dela. A própria Bebe era a mais empolgada de todas.

– Mal vejo a hora de vocês conhecerem a minha mãe – disse ela, exaltada. – É uma diva total, e tem uns parafusos a menos na cabeça, mas, quer saber?, todo ator é assim. Ela é divertidíssima. Aposto que vai adorar vocês.

• • •

No fim das contas, não foi dessa vez que conhecemos Marguerite Howarth. Dois dias antes da nossa grande viagem de beleza, ela ligou para Bebe dizendo que tinha acabado de ser escalada para um pequeno papel num filme de TV sobre patinadores olímpicos, logo não poderia mais vir para o Utah.

– Ela pediu mil desculpas para vocês. E falou que vai mandar umas *amostras* – frisou Bebe, praticamente cuspindo as palavras.

– Estou tão decepcionada... Queria muito conhecê-la – lamentou Martha, e se calou assim que viu a sobrancelha da V, mais arqueada do que nunca.

– Sinto muito, Bebe – falei. – Pais... gente sem noção!

– É inacreditável – emendou V. – Depois não sabem por que a gente é meio maluca.

– Pois é – concordei. – Talvez eles é que devessem ir para o reformatório.

– Até posso imaginar a chiquérrima Ellis Hardaway carregando blocos de concreto de um lado para outro – comentou Cassie.

Até mesmo a Bebe não se conteve e riu.

• • •

Dali a alguns dias, V surgiu do meu lado enquanto eu empilhava blocos. A Dra. Clayton fazia o que podia para nos separar, mas a V era dessas que não se dobravam com facilidade, detestava ordens, portanto sempre dava um jeito de fazer suas visitinhas.

– Pena que a Sra. Hardaway tenha dado bolo, mas a própria Bebe poderia ter imaginado isso. Aliás, nós todas. Visitas de pais são uma raridade por aqui. Nos folhetos até tem uma coisa escrita sobre esse assunto, dizendo que a terapia funciona melhor quando as internas são afastadas por completo do contexto familiar.

– Claro. Quanto pior pra gente, melhor. Mas pensei que sua mãe já tivesse vindo.

– Veio uma única vez, quando fui promovida para o Nível Cinco pela primeira vez. Estava num congresso em Las Vegas, então teve que vir.

– E o seu pai?

– Meu pai trabalha na ONU como diplomata. Vive viajando. Enfim, mamãe veio uma vez, mas agora não poderia vir de novo. Não depois da Alex.

– Que Alex?

– Onde você estaria se não fosse eu para colocá-la a par de todas as fofocas, hein?

– Sei lá. Acho que estaria perdida.

– Estaria mesmo. Alex era uma garota que detestava este lugar tanto quanto a gente. Então mandou para os pais um monte de cartas, contando que isto aqui é horrível, imundo, como os terapeutas eram todos uns charlatães. A diferença foi que os pais da garota acreditaram nela. Dá para imaginar uma coisa dessas?

– Pais confiando nos filhos? Que conceito estranho...

– Pois é, doideira. Os pais da Alex apareceram de repente para uma visita. Isso foi no verão, fazia uns 50 graus lá fora e todo mundo estava trabalhando no muro, bem no meio do dia. As instalações estavam daquele jeito de sempre, um lixo. O pai da Alex surtou: começou a berrar, falando que ia processar todo mundo por negligência. Levaram a filha embora no mesmo dia.

– Quem dera se o papai fizesse a mesma coisa...

– Essa é a fantasia de todo mundo aqui. Mas as visitas repentinas foram proibidas. Os pais são obrigados a assinar um contrato no momento da matrícula, prometendo obedecer às "diretrizes terapêuticas" e não processar a Red Rock se a filha morrer enquanto estiver sob custódia.

– Mentira.

– Não é bem assim que está escrito, mas tem um contrato, sim, e ninguém pode visitar a escola sem marcar com antecedência.

– Como você fica sabendo dessas coisas todas?

V deu um sorriso misterioso.

– Tenho os meus métodos – disse, e antes que eu pudesse fazer qualquer pergunta, já tinha se afastado.

• • •

Havia visitas de pais, claro. Afinal, a maioria deles gostava de ver suas crias pelo menos de vez em quando. Além disso, eram atividades tidas como grandes "motivadoras". Era impressionante: bastavam alguns meses na Red Rock para que até mesmo as meninas com um péssimo relacionamento com os pais ficassem morrendo de saudade deles. Assim, a escola organizava visitas pré-agendadas, chamava-as de terapia e depois cobrava uma taxa por elas. Os Intensivos Familiares aconteciam quatro vezes por ano num hotel vizinho. Os pais mal tinham a oportunidade de ver o internato: vinham para um tour de uma hora seguido de almoço. O mais irônico de tudo era que, na semana anterior a essas visitas, todas as internas eram retiradas do trabalho no muro e transformadas em empregadas domésticas, para lavar os banheiros e corredores imundos. E o tal almoço era sempre encomendado. Uma visão não exatamente realista da vida na Red Rock.

De nós cinco, apenas Cassie já havia recebido a visita dos pais durante um desses encontros, que na opinião dela nem eram tão ruins assim. Uma das vantagens dos Intensivos era que as internas também ficavam hospedadas no hotel onde a atividade era realizada, o que significava um fim de semana inteiro de televisão e piscina.

– Todo dia a gente ia jantar num Friday's – contou Cassie. – E eu sempre pedia batata recheada.

Tínhamos acabado de terminar uma sessão de terapia em grupo, e os conselheiros vieram anunciar quais meninas estavam na lista para o Intensivo Familiar de algumas semanas depois, em março. Como era de se esperar, nenhuma das Irmãs estava nela, e Cassie agora tentava nos animar.

– A parte da terapia em si era um martírio. Todos os pais sentados em círculo, derramando lágrimas pelas filhinhas perturbadas, felizes porque elas estavam a caminho da salvação.

– Deixe-me adivinhar: nenhuma menção à possibilidade de que esses pais tivessem contribuído de alguma forma para os problemas das filhas. Aposto que nenhuma de vocês teve coragem de jogar isso na cara deles – disse Bebe, ainda azeda por causa da visita abortada da mãe.

– Ué, o que você queria que eu fizesse? Que eu botasse a culpa nos velhos? Eles torraram dinheiro tentando me consertar!

– Eles torraram *de verdade*? – perguntou Bebe, arregalando os olhos.

– É só um modo de dizer – retrucou a texana, aparentemente magoada.

Os pais da Cassie tinham feito o possível e o impossível para que a filha deixasse de ser gay. Após umas férias familiares no feriado de Corpus Christi, quando pegaram a garota beijando uma surfista, eles a enviaram para se consultar com uma especialista em disforia de gênero que tinham encontrado na internet. Mas, no fim das contas, a mulher trabalhava apenas com transexuais e eles foram obrigados a procurar outra pessoa, um terapeuta especializado em "cura gay". E foi esse mesmo sujeito que falou a eles sobre a Red Rock.

– Por que *não* culpar os seus pais? – questionou Bebe. – Mamãe não lhe deu a devida atenção. Papai não lhe deu amor suficiente. Então agora você virou uma baita lésbica.

– Não é verdade – retrucou Cassie. – Nem sei direito se sou gay ou não. Acho que sou bi, mas pensando bem... até segunda ordem todo mundo é. Apenas tentamos descobrir, investigar...

– Eu não, gata. Não curto garotas. Você acabou de dizer que foi pega no maior amasso com uma surfista. Isso faz de você uma sapatão.

– Você foi pega fazendo sabe-se lá o quê com o cara da piscina, mas nem por isso é uma piranha.

– Tem razão: foi tudo o que fiz com todos os *outros* caras que fazem de mim uma piranha.

– Bebe, pare com isso – falei.

– Ah, tenha paciência, Cinderela. Você também não vai se tornar um capacho dos brutamontes, né?

– Não, não vou. Nem eu nem a Cassie. Só porque você está bolada com a sua mãe não tem o direito de descontar no resto do mundo, e muito menos de dizer à Cassie se ela é gay ou não.

Bebe fez uma careta – eu tinha colocado o dedo na ferida.

– Tenho o direito de dizer o que quiser.

– Você tem o quê, 10 anos?

Eu sabia que a patricinha estava bolada, mas não ia permitir que atacasse Cassie.

– Ah, vá à merda, sua rebeldezinha de uma figa! – Bebe me olhou de cima a baixo, como se apenas ela pudesse ver quem eu era de verdade. – Você acha que é uma *bad girl*, mas não passa de uma carola.

– Não preciso provar nada para você – retruquei, furiosa.

– Você está *sempre* querendo provar alguma coisa.

– Ah, me poupe da sua psicologia barata. Isso a gente já tem de sobra por aqui.

– Então talvez você precise de mais um pouco.

– Ou talvez você é que esteja precisando. Olha, Bebe, sei que você está com raiva, mas chega desse veneno, né? Já deu.

– Bem, parece que os meus quinze minutos de simpatia já chegaram ao fim – ironizou ela. – Tudo bem. Não estou nem aí. Mas espere até o dia em que o *seu pai* der bolo. Ah, mas isso não vai acontecer, porque ele nem vai querer ver você aqui.
– Bebe, *darling*...?
– Que foi? – rugiu ela de volta.
– Vá para o inferno.

Bebe e eu não trocamos mais nenhuma palavra durante o resto da noite e todo o dia seguinte. Eu estava furiosa com ela, mas ao mesmo tempo sabia que não devia levar aquilo adiante. Quando estamos cercados de inimigos, não podemos nos dar ao luxo de guardar rancor dos amigos. Bebe chegou à mesma conclusão, pois, dois dias depois, encontrei um bilhete escondido no bolso da minha camisa.

Sou uma vaca, uma idiota. Desculpa.
Amigas de novo? ☺ *BB*

Claro que a desculpei. Sabia muito bem como uma decepção era capaz de corroer por dentro até o momento em que a gente acaba explodindo. Aliás, naquele lugar, o mais seguro era que estourássemos umas com as outras, e não com as inimigas ou as autoridades. Sabia também que a Bebe não tinha feito nem dito nada com o propósito de me magoar. Mas as palavras dela tinham me machucado. Nas cartas que havia mandado, papai *realmente* prometia me visitar. Falava do assunto com entusiasmo, dizendo que seria uma viagem familiar com Billy e a Monstra. Embora eu não tivesse a menor vontade de rever aquela mulher, no fundo queria que o papai provasse que eu estava errada e aparecesse na Red Rock para me ver. No entanto, como havia sido rebaixada para o Nível Três, não tinha nenhum direito a visitas familiares, por mais que viesse me esforçando para "cumprir meu programa". Quer dizer...

V insistia para que eu fingisse, afirmando que bastava eu me abrir durante uma das sessões de TC, mesmo que fosse pura atuação. Então inventei umas histórias bem lacrimejantes sobre como eu era hostilizada na escola, sobre a crueldade dos meus colegas comigo. Numa das sessões, cheguei a produzir uma lágrima. Os conselheiros ficaram impressionados com a minha coragem e, imaginem só, com a minha honestidade. Achei que logo seria promovida para o Nível Quatro, mas devia ter enfurecido a bruxa muito mais do que imaginava: apesar de todo o meu falso progresso, permaneci encalhada no Nível Três. Não veria papai em março e o Intensivo Familiar seguinte seria apenas no mês de junho – *junho!* Já começava a acreditar que passaria todo o verão enclausurada naquele lugar. E se eles me deixassem ali por mais um ano inteiro?

Essa era uma das piores coisas: não saber de nada. Quando uma pessoa mata alguém e vai para cadeia, tem permissão para receber visitas, e está ali cumprindo uma pena específica, mas nem eu nem nenhuma das Irmãs tínhamos esses direitos. Passados os três primeiros meses, eu já sabia que não era uma das internas financiadas pelo seguro e só me restava imaginar o momento da libertação. Já começava a temer que ficaria ali até completar 18 anos. Essa possibilidade me deprimia, o que era ao mesmo tempo irônico e patético. Sempre fui uma pessoa alto-astral. Tinha os meus momentos de tristeza, claro, sobretudo depois que mamãe começou a ficar mal, mas gostava da minha vida. Quando me trancaram na Red Rock, comecei a me sentir vazia, cansada e, na maioria das vezes, revoltada. Em alguns dias, eu simplesmente desejava desaparecer da face da Terra. Portanto, não só eu não fazia a menor ideia de *quando* poderia voltar à minha vida normal, como também não sabia *quem* eu seria quando isso enfim acontecesse.

14

Querida Brit,

Como você está? Como vai a escola? Espero que esteja se esforçando bastante e tirando boas notas.

Em Portland, o tempo continua sombrio e chuvoso. Quem dera eu pudesse estar noutro lugar qualquer, mais quentinho e ensolarado...

Tenho ótimas notícias sobre tio Claude. Ele melhorou e já voltou a tocar com o grupo de música de câmara. Além disso, está muito contente, sobretudo porque vai excursionar com o grupo em algumas cidades, como São Francisco, Boise e – você nem vai acreditar! – St. George, que fica aí, bem pertinho de você! Ele vai estar lá no dia 15 de março e falou que adoraria fazer uma visita. Eu disse que, infelizmente, isso é contra as normas da escola. De qualquer forma, tio Claude queria que eu contasse sobre os planos dele e falasse que vai pensar em você quando estiver tocando em St. George.

Espero que você continue progredindo na escola. Seja boazinha com os professores e ouça o que os terapeutas têm a dizer. A primavera já vai chegar e os vaga-lumes não tardarão a aparecer.

Um abraço afetuoso,
Papai

. . .

– É uma carta do Jed – contei às meninas no nosso encontro semanal. Eu estava radiante. – Nem estou acreditando. Faz o maior tempão que não consigo mandar uma carta para ele, pois todos os passeios a céu aberto foram cancelados por causa da neve. Podia apostar que ele já tinha desistido de mim. Mas é como se soubesse que eu andava para baixo... E justo quando eu achava que não ia aguentar mais, recebo esta carta.

– Brit – disse V. – Pare. Respire.

Parei. Respirei. V estendeu a mão.

– Posso ver?

– Tome. Leia em voz alta.

No final, ela me encarou e disse:

– Imagino que agora você vá querer resgatar seu presente de Natal.

– Quero! Quero, sim!

– Alguém pode me explicar o que está acontecendo? – interveio Martha. – Não estou entendendo nada.

– Nem eu – emendou Cassie.

– Tio Claude... é na verdade a Clod, minha banda. Eles vão fazer uma turnê. Vão tocar em St. George, e o Jed quer que eu dê um jeito de escapar para encontrar com ele. Pelo menos é o que eu *acho* que ele está dizendo.

– Também acho, gata – apoiou Bebe.

– Mas, V... como é que a gente vai fazer isso? – perguntei.

As quatro se viraram para V, esperando que ela refletisse alguns segundos antes de responder, mas ela imediatamente cuspiu o plano:

– Ok, o negócio é o seguinte. A não ser que caia uma nevasca, na semana que vem vai rolar um passeio para o pessoal dos Níveis Cinco e Seis. Vamos dar um jeito de participar; se não for eu, será a Cassie. É muito fácil dar uma escapulida, então uma de nós vai ligar para aquelas duas do cinema e perguntar se podem vir pegá-la aqui na escola. Você vai usar a chave mestra para destrancar a porta. Vou deixá-la naquele vaso de planta que fica do lado da sala da Clayton. Agora preste atenção, porque esta é a parte mais divertida. A maioria das portas tem um alarme que é automaticamente acionado à noite, mas, se uma delas é esquecida aberta, isso não acontece. Logo, no dia do show, uma de nós vai fingir que está passando mal, ir para a enfermaria e, antes de voltar para o quarto, colocar um pedaço de papel travando a porta. Você, Brit, vai para a cama como se nada fosse acontecer.

– Ok.

– O pateta do guarda sempre sai para tomar café às dez e meia, depois vai mijar. Toda noite ouço o cara passando pelo corredor. É aí que você entra em ação, Brit. Vai fugir para a enfermaria, depois subir naquele algodoeiro que tem perto da cerca e pular para o outro lado. Não é fácil. Mas também não é impossível. Sua carona vai estar esperando na rua. Você precisa voltar antes da chamada da manhã, e vai entrar do mesmo jeito que saiu.

V se calou e nós quatro ficamos olhando para ela com o queixo caído.

– Que foi? – perguntou ela. – Tive tempo à beça para planejar tudo isso.

– Então, Moisés, o que ainda está fazendo aqui? – questionou Cassie, perplexa. – Já podia ter emplacado um êxodo há séculos.

– Podia, claro, mas ir para onde?

– E as câmeras de segurança? – perguntei.

V deu de ombros.

– Olha, é arriscado. Com certeza você será filmada pelas câmeras, mas a questão é: quem vai ver essas imagens depois? Ninguém. Além do mais, eles reciclam as fitas o tempo todo, gravando por cima. Você sabe como o pessoal aqui é preguiçoso e mão de vaca.

– Estou achando tudo isso muito perigoso, Brit – alertou Martha.

– Não estou nem aí. Eu faria qualquer coisa só para ver o Jed. E quanto à Helga, a enfermeira?

– Ela não dorme aqui – respondeu V.

– E a Tiffany? – perguntou Martha.

– Por acaso a Tiffany já deu pela falta de vocês durante algum encontro da madrugada?

– Não.

– A gente sempre espera ela dormir para sair – disse Bebe. – Ela ronca que nem um trem de carga.

— E isso não vai ser tão arriscado — continuou V —, porque só uma vai sair. Brit, coloque uns travesseiros debaixo do lençol, para acharem que você continua lá.

— A logística está toda resolvida — falei. — Mas ainda tem um probleminha.

— Camisinhas? — perguntou Bebe. — Na cidade tem para vender. Ou talvez não. Só tem mórmon por aqui.

— Bebe! Não vou para a cama com o Jed. Não é disso que estou falando. Minha preocupação é... o que eu vou usar? Só tenho este uniforme medonho aqui.

As meninas se calaram por um tempo.

— Isso *realmente* é um problema — comentou Bebe afinal. — Podemos dar um jeito no seu cabelo e maquiar você com meu estoque de produtos de beleza. Mas a parte fashion... Aí, sim, você está ferrada.

— Desculpe, mas faz seis meses que não vejo o Jed e o resto do pessoal. Vou ficar deprimida se tiver que aparecer na frente deles com essas calças de sarja e essa camisa polo.

— Eu também ficaria deprimida, gata.

— E as roupas que a gente estava usando quando chegou aqui? Alguém sabe onde elas estão? — perguntei.

Eu tinha chegado com uma saia vintage e uma camiseta do The Clash. Nada muito sexy, mas melhor do que nada.

— Eu estava de pijama — lembrou Cassie. — Me levaram de noite.

— Eu também — afirmou Bebe. — Mas, pensando bem, uma lingerie até que não seria mal...

— Acho que o look periguete não faz o tipo dela, Bebe.

— Nem adianta pensar nisso — interveio V. — As nossas roupas, aliás, tudo o que eles confiscaram da gente fica trancado num armário na sala do Xerife. Não vamos colocar nossos planos a perder com uma tentativa de arrombamento.

— E as suas agentes secretas na cidade?

— São simpáticas e querem ajudar, mas fazem o tipo moletom e tênis. Além disso, são muito maiores que você.

– Você mesma podia fazer alguma coisa – sugeriu Martha.

– Com o quê? – perguntei.

– Talvez a gente possa pegar um short, desmanchar as costuras e transformá-lo numa sainha curta. Não deve ficar ruim. Você também poderia pegar uma polo, arrancar as mangas e o colarinho, depois usar do avesso para ficar um look despojado. Vai ficar ótimo com seus All Star e meias até os joelhos. Isso é meio punk, não é?

– Colegial sexy? Martha, meu amor, você é uma gênia! – exclamou Bebe.

– Você sabe costurar? – perguntei. – Acha que pode fazer essas coisas todas?

– Claro – disse Martha, gentil. – Mas vou precisar de linha, agulha e alguma coisa para desfazer as costuras.

– Posso surrupiar tudo isso na minha aula de Prendas Domésticas – garantiu Cassie.

– Tem aula de Prendas Domésticas aqui? – perguntou Bebe. – Como nunca fiquei sabendo disso?

– Acho que é só para as... Você sabe.

– Ah, já sei: para as Ellens.

– Ellens? – perguntou Martha.

– Sim, DeGeneres.

– Pois é, faz parte do plano deles para me domesticar. Se eu falar que estou a fim de aprender a costurar, não vão pensar duas vezes antes de colocar uma agulha e um carretel na minha mão. Afinal, não dá para assassinar ninguém com uma agulha. Infelizmente.

Martha parecia prestes a explodir de tanta empolgação.

– Brit, vou arrasar na costura, pode ficar tranquila. Era eu que fazia as minhas próprias roupas.

– Que roupas? – nós quatro perguntamos juntas.

– Do tempo que eu era miss.

– Você já foi *miss*? – perguntou Cassie.

– Aos 12 anos, fui eleita Miss Junior Columbus num concurso infantil.

Nós a encaramos, pasmas. Martha? Miss Alguma Coisa? Não que ela não fosse bonita. Tinha uns olhos lindos, verdes e grandes, além de uma pele clarinha, linda também. Mas era gordinha e se portava como se quisesse sumir do mundo. Simplesmente não levava jeito para miss.

– Martha, não me leve a mal, mas... esse concurso era só para pessoas acima do peso?

Só a Bebe mesmo. Nós três estávamos pensando a mesma coisa, mas só a patricinha tinha coragem suficiente para dizê-la com todas as letras.

– Era um concurso normal, Bebe, só que na época eu era magrinha – respondeu Martha, nostálgica. – Faz só alguns anos que comecei a inchar. Acho que meu metabolismo desregulou – continuou, olhando para as próprias mãos. – Mas ainda sei costurar. Modéstia à parte, minhas roupas realmente eram lindas.

– Martha, você é uma mulher de muitos mistérios – disse V.

– Jura?

– Juro.

Martha abriu um sorriso fascinante, que nos deixou vislumbrar a miss maravilhosa que nossa amiga tinha sido um dia.

15

– Caramba, estão maltratando vocês? Privando vocês de comida? Já fizeram isso uma vez com uma interna.

Era a noite do dia 15 de março e eu estava sendo levada às escondidas para St. George com a ajuda de Beth e Ansley. O plano da V havia funcionado perfeitamente. Não tinha voltado a nevar. Cassie fora jogar boliche na cidade, aproveitando a oportunidade para fugir um pouco e ligar para nossa dupla de aliadas. Bebe fingira uma intoxicação alimentar e travara a porta da enfermaria. Martha tinha feito milagres com o uniforme da Red Rock, transformando-o num modelito apresentável. Vinte minutos depois do apagar das luzes, escapuli do quarto, saí do prédio pela porta da enfermaria, escalei o algodoeiro e pulei para o outro lado da cerca, aterrissando sem um único arranhão. Assim que vi o carro da Beth à minha espera, mal pude acreditar em como tinha sido fácil.

Beth e Ansley eram falantes e estavam doidas para escutar as notícias recentes da Red Rock. Eu adoraria aproveitar a oportunidade para denunciar tudo o que se passava naquele manicômio, sobretudo as terapias fraudulentas, mas estava ocupada demais tentando não vomitar, com um nó no estômago. Fazia três semanas que eu vinha roendo as unhas por causa do plano da V, preocupada, imaginando as piores hipóteses, tendo pesadelos horríveis: ora o Xerife me agarrava pelo braço antes que eu atravessasse a porta da enfermaria, ora a Dra. Clayton esperava por mim do outro lado da cerca, junto com papai. Na realidade, andava tão aflita com a perspectiva da minha fuga que nem pensava muito no real motivo dela, que era ver a Clod, ver o Jed.

Mas agora faltava pouco para rever a galera da minha banda – quer dizer, da banda de que um dia eu fizera parte. Dessa vez eu seria uma mera espectadora, o que seria bastante estranho. Falando em estranho... Jed. As cartas dele, o carinho, o apoio distante... Nos últimos seis meses ele havia sido o meu vaga-lume, algo para jogar um pouco de luz naquela escuridão que era a Red Rock. Eu pensava nele o tempo todo, muito mais do que pensaria se estivesse levando a vida normalmente. E muito mais do que ele pensava em mim – disso eu tinha absoluta certeza. Essa história de vaga-lume provavelmente não passava de um jeito que ele havia encontrado para expressar carinho, para me estimular. A caminho da cidade, procurei deixar de lado minhas fantasias tão bem-nutridas e comecei a preparar o espírito para uma grande decepção. De qualquer modo, seria ótimo rever o Jed, a Denise e o Erik, foi o que disse a mim mesma.

Quer dizer, *se* eu conseguisse encontrá-los. Tudo o que eu sabia era que a Clod ia tocar em St. George. Não fazia a menor ideia do horário. Não chegaria à cidade antes das onze horas, e era bem provável que, àquela altura, eles já tivessem se mandado.

– Não se preocupe – disse Ansley. – Uma banda dessas só pode se apresentar em dois lugares em St. George: no Java Jive ou no Cafenomica.

– Tenho certeza de que vamos encontrar seus amigos num desses lugares – completou Beth.

– Não aparecem muitas bandas novas por aqui – comentou Ansley. – Utah não é exatamente famoso pela sua cena musical.

– Pois é. Para nós é uma ótima oportunidade. Vamos ficar para ver o show também, se você não se importar – continuou Beth.

– Claro que não me importo, pelo contrário – falei. – Olha, nem sei como agradecer a força que vocês estão me dando.

– Não é nada. Para falar a verdade, até gostaríamos de poder ajudar mais, não só você, mas todas as meninas por lá – comentou

Ansley. – Melhor mesmo seria fechar aquela espelunca de uma vez por todas.

Enfim chegamos. St. George era uma cidadezinha simpática, cheia de hotéis baratos e lojinhas de artesanato indígena. Paradas num sinal vermelho, vimos um grupinho de skatistas papeando na esquina. Ansley baixou a janela e perguntou se eles sabiam onde seria a apresentação de uma banda chamada Clod, e a resposta foi a que estávamos esperando: Cafenomica.

Denise foi a primeira que vi. Ela estava no palco, fazendo ajustes no amplificador do baixo.

– Meu Deus! Brit! – gritou ela, e veio correndo na minha direção. Por pouco não me derrubou com o abraço gigante que me deu. – Pessoal, é a Brit! Ela conseguiu! Venha comigo. Eles estão lá fora. Vão ter um treco quando virem você aqui. E o seu timing foi perfeito: a gente entra às onze e meia.

Fomos para o estacionamento e lá estava o nosso furgão, o mesmo de sempre. Recostado nele, Erik fumava um cigarrinho enquanto trocava ideia com umas garotas. Acenou que nem um doido assim que me viu, depois sinalizou para que eu esperasse um segundo. Correu para a traseira do furgão e voltou dali a pouco com uma sacolinha de papel toda engordurada.

– Cara, você conseguiu – disse, e me entregou a sacolinha.

Eu conhecia muito bem aquele cheiro.

– Não estou acreditando: você me trouxe um *burrito*?

– Claro que trouxe. Assim manda a tradição. Só que já comemos os nossos.

– Ele estava na maior larica – explicou Denise.

– Imagino – falei, e dei um abraço forte no meu amigo. – Obrigada.

– Você não vai chorar por causa de um burrito, vai? – disse Erik. – Não posso ver uma menina chorando.

Enxuguei os olhos.

– Não, não vou chorar. É que estou muito feliz por ver vocês, só isso.

– Também estamos muito felizes em ver você – disse alguém.

Primeiro reconheci a voz, depois senti um calafrio na espinha. Quando senti a mão dele no ombro, achei que a minha pele fosse queimar. Lentamente, fui me virando para encará-lo. Por alguns segundos não fiz mais que isso: fiquei olhando para ele, saboreando o momento. Jed estava lindo como sempre, com aqueles olhos verdes sonolentos e o cabelo se encaracolando na nuca. Ele se inclinou para me dar um beijo na bochecha, mas virei o rosto e ele acabou me beijando no cantinho da boca. Foi como se uma descarga de eletricidade tivesse atravessado meu corpo da cabeça aos pés.

– Oi, Jed – foi só o que consegui dizer.

– Oi, Brit.

Ele sorriu.

– Oi, Jed – repeti.

Por sorte Erik interveio:

– Galera, detesto ter que interromper o papo de vocês, mas é que a gente entra daqui a pouco.

– Ah, claro. Encontro com vocês depois. Quero pegar um bom lugar.

– Um bom lugar? – disse Jed, olhando para mim como se eu estivesse brincando. – Você também vai tocar.

– Eu vou *tocar*?

– Claro que vai. Você faz parte da Clod.

– Não mais. Vocês estão indo maravilhosamente bem sem mim – falei, tentando não parecer decepcionada. – Além disso, faz seis meses que não toco. Nem sei se ainda lembro como é.

– Claro que lembra.

– Mas nem tenho uma guitarra...

– Opa, só um instante – disse Erik.

Ele correu de novo até a traseira do furgão e voltou com a Gibson SG na mão.

– Onde foi que vocês encontraram isso? – perguntei, e abracei minha velha amiga como se ela pudesse me abraçar de volta.

– Ficou maluca, garota? – falou Denise. – Estava no porão do Jed, exatamente no lugar onde você deixou.

– Esperando por você – completou Jed, olhando bem nos meus olhos. Mais uma vez achei que fosse desmaiar.

– Mas estou completamente enferrujada. Vocês com certeza têm um monte de músicas novas e...

– Será que dá para parar com as desculpas esfarrapadas? – interrompeu Denise. – Cadê aquela Brit que conquistou um lugar nesta banda só com atitude, mesmo sem saber tocar quase nada?

– Está aqui – falei baixinho. Ou pelo menos esperava que estivesse.

– Então chega disso e vá afinar essa guitarra logo de uma vez – retrucou Denise, ainda no seu melhor papel de durona.

– Este aqui é o set A – explicou Jed. – Só sucessos do passado. Você conhece tudo.

– E o set B, qual é?

– Músicas novas. É o que a gente ia tocar se você não desse as caras – confessou Jed.

– Mas vocês não preferem...?

Jed não deixou que eu terminasse:

– Temos um montão de shows pela frente para tocar essas músicas. Hoje vamos ficar com o set A.

– Brit, pode parar de fazer perguntas? Você acha mesmo que a gente veio até esta *roça* para fazer sucesso com punk rock? – perguntou Denise. – A gente veio para tocar com você.

– É sério?

– Ah, cara, ela vai chorar de novo... – disse Erik. – Vamos para o palco.

• • •

O primeiro show da Clod tinha sido na cidadezinha de Eugene. Eu estava uma pilha de nervos antes do show, embora a festa não passasse de uma chopada num terreno baldio perto da universidade. Tremendo da cabeça aos pés, cheguei a pensar que não fosse conseguir tocar nem o primeiro acorde, quanto mais lembrar a letra das músicas e cantar. Mas então ligamos os amplificadores e o Jed provocou uma microfonia de propósito. As pessoas se calaram e a gente começou. De repente, foi como se eu não estivesse diante de um monte de gente, nem mesmo com os meus companheiros de banda. Eu estava sozinha com a música, que ia surgindo espontaneamente. Tocamos por meia hora, mas tudo passou num piscar de olhos. Ao fim do show, eu estava zonza. Não consegui parar de rir a noite toda. Erik podia jurar que eu tinha me drogado.

Quando ele bateu as baquetas para dar início a "Dumbbell" no Cafenomica, entrei num transe semelhante. Os últimos seis meses, ou melhor, os últimos *anos* da minha vida, se apagaram da minha cabeça. Eu agora era a Brit de antes, a garota que fazia apenas o que dava na telha, que tinha o amor de um pai e de uma mãe, que levava uma vida normal – ou talvez só um pouquinho excêntrica. Era como se a música me curasse, trazendo de volta a pessoa que eu era, a minha autoconfiança, lembrando que os seis meses anteriores eram apenas uma exceção. A vida real era maravilhosa e, por mais distante que parecesse naquele momento, ainda existia. *Eu* ainda existia.

Terminamos o set e fomos para a coxia. A galera estava indo à loucura.

– Caramba, eles ficaram amarradões – comentou Denise.

– Provavelmente não têm muita música por aqui – disse Erik.

Tentei dizer a ele que a Ansley tinha dito a mesma coisa, mas nem consegui abrir a boca. As pessoas ainda estavam aplaudindo, esmurrando as mesas, pedindo bis.

– Acho que vamos ter que voltar para o palco – falou Jed.

– Mas para tocar o quê? – perguntou Denise.

– Sei lá. Já tocamos o set inteiro.

– Já sei – intervim. – Vocês entram e tocam alguma coisa sem mim. Não tem problema.

– De jeito nenhum – retrucou Jed. – Esse barulho lá fora... é para todos nós, você inclusive. Vamos fazer um cover.

— Cover, não, ninguém merece. — A Clod tocava cover nos ensaios, só como diversão, mas nunca nos shows. Pra gente, isso era uma questão de honra. — Tenho uma ideia — acrescentei. — Pessoal, prestem atenção: sol, ré, lá menor. Essa é a harmonia. O andamento é lento, tipo uma balada. Vou começar sozinha, depois vocês entram, pode ser? É bastante simples.

— Sol, ré, lá. Mole — comentou Jed. — Tudo bem para você? — perguntou a Denise, e ela assentiu.

— Erik, o andamento é bem lento mesmo. Sei que você gosta de uma batida mais rápida, mas agora não é o caso. Use a vassourinha.

— Saquei. Bem suave.

Voltei para o palco e retomei a guitarra.

— Esta é para as minhas Irmãs. E para a minha banda também. Chama-se "Se você olhar para trás". Todo mundo pronto, pessoal?

Comecei a dedilhar os primeiros acordes e, como sempre, Jed não teve a menor dificuldade para acompanhar. Depois, entraram Denise e Erik, e foi como se todo mundo já conhecesse a música, como se a gente a tocasse desde sempre. Ao fim, a galera ficou de pé e começou a urrar, a pisotear o chão. Acenamos o nosso adeus e corremos de volta para a coxia.

— Só eu acho que esse foi o melhor show da nossa vida? — perguntou Denise.

— Não foi só você — disse Jed, meio solene. — Hoje foi especial.

Guardamos nossa tralha no furgão e, como nos velhos tempos, fomos nos empanturrar na lanchonete mais próxima, um Denny's não muito diferente daquele de Portland. Pedi um hambúrguer com batata frita, um milk-shake, uma panqueca com mirtilos e, claro, uns mil cafés. Não sei se foi porque eu ainda estava pilhada do show, ou talvez porque tudo realmente ficava uma delícia depois de seis meses daquela porcaria congelada e seca que serviam na Red Rock. Quando viram meu pedido chegar, os outros três caíram na gargalhada, mas depois ficaram preocupados.

— Estão matando vocês de fome naquele lugar? — perguntou Denise.

– *Humm, nhão ejatamente* – respondi de boca cheia.

– Ela sempre foi assim: consegue mandar para dentro o equivalente ao próprio peso – observou Erik. – Mas pegue leve com o café, garota, senão depois não vai conseguir dormir.

– Não estou nem aí. A gente não pode tomar café naquele lugar. Dá para imaginar *seis meses* sem uma xícara de café?

– Uou, eles estão te matando *mesmo* – disse Denise. – Cadê o pessoal dos direitos humanos? Será que não tem uma lei que proíba isso?

Como a maioria dos moradores de Portland, Denise levava muito a sério sua dependência de cafeína.

– Quem dera – respondi.

– Então essa água suja do Denny's deve parecer champanhe para você – comentou Jed.

– A Dom Pérignon das águas sujas – falei.

– A vida sem um bom café... – ruminou Erik. – Cara, isso faz a gente agradecer pelo que tem.

– É verdade – concordou Jed, me encarando de um jeito engraçado.

Enquanto comíamos, eles me colocavam a par das novidades com relação à Clod. Depois do Indian Summer Festival que eu tinha perdido, eles haviam tocado por toda parte no Oregon e em Washington, em bares e boates, até mesmo em eventos maiores, abrindo para outras bandas. Alguns selos independentes andavam falando de gravar um single ou talvez um CD inteiro. Volta e meia eles procuravam me tranquilizar, dizendo que não estavam procurando nenhuma substituta, que meu lugar estava guardado e eu voltaria a ocupá-lo assim que possível.

– Fazemos um trio legal – afirmou Denise. – Mas somos melhores como um quarteto.

– É isso aí – disse Erik, erguendo o copinho de café.

Lá pelas duas da madrugada, Denise e Erik começaram a bocejar. Apontando para o próprio relógio, ela falou:

– Acho que já é hora de ir.

– Vocês vão embora ainda hoje? – perguntei. Geralmente a gente tirava uma soneca no furgão antes de pegar a estrada de volta.

– Não. Nossa próxima parada é Spokane, que fica a quilômetros daqui. Mas só precisamos chegar lá depois de amanhã, então vamos ficar num hotelzinho da cidade.

– Uau. Um hotelzinho da cidade. Vocês estão se dando bem mesmo, hein?

– A bilheteria tem bastado pelo menos para pagar os custos da turnê. Inclusive o seu banquete – brincou Erik, puxando a conta para si.

Voltamos para o furgão e Erik fez questão que eu sentasse no banco da frente, ao lado do Jed. Eu ainda estava meio zonza, ligadona por causa do café, mas à medida que atravessamos a cidade, a ficha caiu: a noite estava chegando ao fim. Eu não iria com eles para Spokane nem para lugar nenhum. Teria que voltar para *lá*. Foi como se subitamente alguém tivesse apagado a luz e eu ficasse deprimida logo em seguida. Um clima estranho baixou no furgão: ninguém dizia nada, ninguém contava uma piada. Quando avistei o letreiro do hotel, senti um vazio por dentro, um buraco enorme no meu estômago inchado de junk food.

– E você? – perguntou Jed, parando diante do hotel.

– Eu o quê?

– A que horas você precisa voltar?

– A chamada é às sete da manhã, mas acho melhor chegar antes de o dia clarear. Por volta das seis, eu acho.

– Está a fim de sair por aí? Não quero colocar você em nenhuma encrenca, mas...

– Não – interrompi. – Quer dizer, não precisa se preocupar comigo. Quero sair, sim.

– Ótimo. Também não estou a fim de dormir.

Denise e Erik desceram do furgão e eu saí também para me despedir deles com um demorado abraço coletivo. Era uma pena ter que me separar deles, mas também estava empolgada por ficar sozinha com o Jed, pelo menos por algumas horas.

– Aguente firme, garota.

– Valeu, Denise. Vou ficar bem.

– Eu sei que vai.

– Tenho um presentinho para você – revelou Erik, e tirou do bolso um pacotinho de maconha. – Para ajudar nos momentos difíceis.

– Não, obrigada, amigo.

– Tem certeza? É da boa.

– Ela nem fuma, seu lesado, e ainda por cima está na prisão – repreendeu Denise. – Desculpe, Brit.

– Tudo bem. Valeu, Erik. O que conta é a intenção.

– Ok, então a gente se vê de novo em Portland.

– A gente se vê em Portland. – Dei um último abraço de despedida neles, depois voltei para o furgão. – E aí, para onde você vai me levar?

– Pensei em andar pelas montanhas. O Zion National Park não fica muito longe daqui. Fui lá uma vez com meus avós. Tem umas formações rochosas meio estranhas, todas com o nome de algum profeta mórmon. Show de bola. Nem sei se dá para ver alguma coisa no escuro, mas tem essa lua aí, quase cheia.

Jed apontou através da janela para a lua que brilhava lá no alto.

– Acho a ideia ótima – falei. – Ainda não conheço a região muito bem.

– Vocês nunca saem de lá? Nem para uma caminhada ou algo assim?

– Não. Para falar a verdade, nos meses mais quentes eles até levam a gente para fazer umas caminhadas, sim, mas não é para admirar a paisagem nem nada. É quase um exercício militar. A gente chama de Marcha da Morte.

– Caramba, essa escola deve ser horrível. Dei uma pesquisada na internet. Ela é mesmo bizarra.

– Você não sabe nem da metade.

– Quer me contar como é?

– Sabe de uma coisa? Hoje o que eu mais quero é esquecer que aquele lugar existe.

– Lugar? Que lugar? – disse Jed sorrindo, mas com uma pontinha de tristeza.

Seguimos montanha acima por uma estradinha cheia de curvas. O luar se refletia nos enormes paredões vermelhos dos cânions. Eu admirava a paisagem pela janela, mas de vez em quando virava o rosto para dar uma espiada no Jed, sobretudo na lateral do pescoço dele. Minha vontade era lambê-la todinha; podia até imaginar o gostinho salgado de suor já seco. Enquanto subíamos, Jed colocava os lançamentos musicais mais recentes para que eu ouvisse, coisas que eu havia perdido. Dali a mais ou menos meia hora, entramos numa cidadezinha chamada Springdale e Jed estacionou o furgão.

– Aqui é o fim da linha, eu acho. O parque começa logo ali. Podemos seguir a pé. Se você quiser.

– Quero, sim.

– Não está com frio?

– Um pouquinho.

Na verdade eu estava *morrendo* de frio. Só o que vestia era a saia costurada por Martha e o moletom que a Ansley tinha me emprestado. Jed pegou no banco de trás a jaqueta de camurça que ele usava praticamente todos os dias, a mesma que eu costumava cheirar rapidinho quando ele não estava olhando.

– Tome, vista isto aqui. Também vou pegar um cobertor lá atrás, só por precaução.

Caminhando parque adentro, ele me colocou a par da vida em Portland, me fazendo rir com as fofocas sobre quem estava pegando quem, quais bandas tinham acabado, quais conseguiram assinar contrato com uma gravadora. Eu já havia esquecido como era fácil conversar com o Jed, e todos os meus temores se evaporaram. Já tínhamos caminhado por meia hora quando chegamos a uma clareira às margens de um riacho.

– Quer parar um pouquinho?

Eu queria parar bem mais do que um pouquinho: queria que o tempo parasse e que a noite se espichasse para todo o sempre. Mesmo sabendo que precisava voltar dali a algumas horas, falei que sim. Jed esticou o cobertor sobre a relva, depois a gente se deitou. O céu estava impressionante, cravejado de um milhão de estrelas, tão límpido que dava para ver a Via Láctea inteira.

– Nem lembrava mais como a noite era bonita aqui – disse Jed.

Eu estava deitada ao lado dele, perto o bastante para ver as veias miudinhas que corriam pelo lóbulo da sua orelha.

– Obrigada, Jed – falei, apertando de leve o punho dele.

– Pelo quê?

– Por tudo. Pelas cartas. Por arrastar a banda até aqui. Por isto – disse, apontando para o céu.

Ele tomou minha mão e, afagando-a, falou baixinho:

– Não fiz essas coisas por você. Ou melhor, não só por você.

Ele juntou as minhas mãos e beijou cada um dos meus pulsos e foi subindo os lábios pelos cotovelos, os ombros e o pescoço. Meu corpo inteiro já fervia por dentro quando enfim ele chegou à boca, e o beijo foi como chocolate derretido. Ficamos assim por um tempo, beijando e trocando carinhos. De repente, Jed começou a rir.

– Caramba, há quanto tempo eu venho sonhando com isso...

– Jura? Por que não fez nada, garoto? – brinquei, e lhe dei um soquinho no peito antes de enterrar o rosto no pescoço dele e enfim dar aquela lambida que eu tinha imaginado no carro.

Jed me beijou de novo, na boca e por todo o rosto, depois afastou os cabelos dos meus olhos.

– Primeiro porque achava que você era nova demais. Segundo porque não queria bagunçar as coisas na banda. Terceiro porque sabia de todo o perrengue que você estava passando na sua vida e não queria acrescentar mais uma complicação.

– Você não é complicação nenhuma. Muito pelo contrário. Você e a banda são as melhores coisas da minha vida.

– E você, minha cara, é uma estrela do rock. Não deixe que ninguém faça você se sentir menos do que isso, nem um pouquinho.

– Não vou deixar.

– Promete?
– Prometo se você calar essa boca agora.
Jed sorriu e me puxou para mais um beijo.

. . .

Dormimos abraçados sob o cobertor, e quando acordei, ainda com a cabeça deitada no peito de Jed, achei que era o caso de tirar uma foto multissensorial, um truque que havia aprendido com a minha mãe. Bastava usar todos os sentidos para gravar na memória os aspectos de um lugar, os cheiros, os barulhos, os gostos e as emoções. Assim, quando um momento era realmente especial, podíamos levá-lo conosco para qualquer lugar e trazê-lo de volta sempre que desse vontade. Era dessa forma que, muitas vezes, eu me lembrava da mamãe e voltaria a me lembrar daquela noite. Enquanto gravava tudo na cabeça, inclusive o coração do Jed batendo no meu ouvido, vi uma estrela cadente cortar o céu feito um gigantesco vaga-lume.

16

Mais tarde naquela manhã, já de volta ao dormitório, eu ainda podia sentir na boca o gosto do Jed, seu cheiro no ar, a ardência no queixo esfolado pela barba dele. Tinha a impressão de que estava acordando de um sonho. Ao me deixar na escola, Jed dissera que eu não precisava descer do carro, que eu podia voltar com ele para Portland. Por mais tentadora que fosse a proposta, eu sabia que não era a melhor das soluções. Precisava encontrar um jeito de me livrar da Red Rock de uma vez por todas e assumir novamente as rédeas da minha vida. Jed falou que compreendia e que a Clod estaria sempre à minha espera. Depois disso, me esgueirei de volta para o quarto e encontrei Bebe acordada na cama.

Ela me olhou com uma expressão questionadora. Abri o mais idiota dos sorrisos, fiz um sinal de positivo e rapidamente me enfiei debaixo das cobertas enquanto Bebe se sacudia toda numa mímica de comemoração. Então, fiquei quietinha, apenas saboreando a noite e esperando o sol nascer do outro lado das cortinas.

Às seis e meia em ponto, as luzes se acenderam e a voz do Xerife retumbou nos alto-falantes:

– Levantem-se e brilhem, meninas!

Eu não queria tirar do corpo o cheiro do Jed, então decidi não tomar banho e simplesmente me vesti. Às sete desci para a chamada. Precisei fazer um esforço físico e mental para não sorrir. A chamada costumava ser dividida por níveis: Três e Quatro num grupo; Cinco e Seis em outro. Naquela manhã, no entanto, fomos orientadas a nos reunir na pedreira. Assim que pus os pés no pátio, V surgiu ao meu lado e foi logo sussurrando:

– Tem alguma coisa errada. Deve ter dado alguma merda. Seja lá o que acontecer, não abra o bico. Estou falando sério, Brit. Nem uma palavra.

Ela se afastou e se juntou às outras do Nível Seis.

Os conselheiros surgiram dali a pouco e contaram as cabeças do mesmo modo que faziam toda manhã. Em seguida, foram para junto do Xerife e confabularam com ele. Até então, eu nunca tinha visto uma chamada coletiva, portanto aquilo devia ser uma raridade. Todas cochichavam umas com as outras, cogitando o que podia ter acontecido. V não tirava os olhos de mim. Eu já começava a suspeitar o pior.

Terminado o papo com os conselheiros, o Xerife se adiantou.

– Aposto que vocês se acham muito espertas, não é? – Ele correu os olhos por todas nós. – Vocês se acham muito inteligentes. Bem, vou lhes dizer uma coisa: isso não vai terminar nada bem. Uma de vocês resolveu fugir ontem à noite, não foi? Hoje mais cedo recebemos um telefonema: alguém com o uniforme da Red Rock foi vista zanzando por St. George ontem à noite. Impossível, falei para mim mesmo. Minhas meninas não fariam uma burrice dessas. Só para ter certeza, demos uma olhada nas imagens das câmeras de segurança. E o que foi que constatamos? Alguém realmente resolveu se aproveitar da nossa excessiva confiança. Está tudo lá, gravado.

Merda, merda, merda, merda..., pensei com meus botões. Eu estava ferrada. No entanto, mesmo sabendo que seria jogada para o Nível Um, não me importava. Não trocaria os acontecimentos da véspera por nada desse mundo.

– Mas tem um probleminha – prosseguiu o Xerife. – Estava escuro e não dá para ver direito quem era. Ainda assim, temos nossas suspeitas. Podem escrever: vamos descobrir quem é a fugitiva. Porém, antes de tomarmos qualquer providência, vou dar uma oportunidade para que a culpada se apresente por livre e espontânea vontade.

V me fuzilou com o olhar, a sobrancelha arqueada ao máximo. Fiquei calada.

– Não posso dizer que estou surpreso. É isso que se pode esperar de uma mentirosa, de uma trapaceira... As ratazanas não se deixam pegar com facilidade, mas nada como uma boa fumaça para tirá-las do buraco. Vocês mesmas vão me ajudar. Se alguém souber quem é nossa fugitiva e quiser falar, pronuncie-se agora mesmo. Prometo que você será devidamente recompensada.

A Tiffany! Era agora que a pentelha ia me denunciar. Estava roncando na cama quando saí, mas podia ter acordado de madrugada para ir ao banheiro e dado pela minha falta. Olhei para ela e percebi que Bebe fazia o mesmo. Mas a outra garota olhava atenta para o Xerife, praticamente sem piscar. Era sonsa demais para se fingir de sonsa. Ela não sabia de nada.

– De novo, não posso dizer que estou surpreso, meninas. Decepcionado, sim, mas não surpreso. Então... que tal acrescentarmos ao caldeirão um pequeno incentivo para motivá-las a nos ajudar? A partir deste momento, estão *todas* rebaixadas em um nível.

A gritaria foi imediata: "Isso não é justo!", "Não temos culpa de nada!", "Não vamos pagar por uma coisa que não fizemos!".

– Silêncio! – berrou o Xerife a plenos pulmões. – Vocês têm razão: não é justo. Mas somos uma família, todos responsáveis pelas ações uns dos outros. Uma das meninas infringiu as normas. Então é isso que vai acontecer até descobrirmos quem escapou ontem à noite. E é aí que vocês poderão se ajudar. Posso apostar que pelo menos uma de vocês sabe o que aconteceu. A infratora não agiu sozinha, esse é o meu palpite. Este será o nosso joguinho. Vocês têm uma semana para delatar a culpada. Se alguém se pronunciar nesse período, todas voltarão ao nível de antes. Mas se ninguém se pronunciar, todas serão rebaixadas em mais um nível. Fui claro?

Houve mais protestos. Algumas começaram a chorar. Eu precisava dar o braço a torcer: o Xerife era muito mais esperto do que eu imaginava. Seu plano era infalível. Eu sabia que as Irmãs não me entregariam, mas também não podia deixar que a escola inteira fosse rebaixada por minha causa. Respirei fundo e fui abrindo caminho através da multidão.

– Isso não será necessário, Sr. Austin – disse V, dando um passo adiante ao mesmo tempo que Bebe me puxava de volta pelo colarinho da camisa. – Sou eu a fugitiva. Eu é que fui para St. George ontem à noite.

O silêncio foi total. Depois, começou o burburinho.

– Por que será que isso não me espanta? – disse o Xerife. – Vamos ter uma conversa em particular na minha sala, menina. As outras voltarão ao nível de origem, mas que isto sirva de lição: sempre que alguém tentar fugir, o preço será alto para todas. Portanto, aconselho que fiquem de olho para que esse tipo de insubordinação não se repita. Agora, ao café!

A multidão foi se dissipando aos poucos, todas ainda um pouco abaladas por causa da situação. Assim que viu nosso grupo passar à sua frente, o Xerife berrou:

– Hemphill, Howarth, Wallace, Jones! Venham aqui. Quero trocar uma palavrinha com vocês.

Bebe, Martha, Cassie e eu deixamos a fila e fomos até ele.

– Não pensem que não notei o clubinho que vocês formaram. Não fiquem achando que sou ingênuo a ponto de acreditar que vocês não têm nenhuma participação nesta confusão. Então, fiquem sabendo: vou ficar de olho nas quatro, só esperando a primeira escorregada para enquadrar vocês de uma vez por todas. Agora sumam da minha frente – disse ele, e precisou secar o cuspe da boca.

Seguimos mudas para o refeitório. À nossa volta, os cochichos corriam soltos:

– Caramba, mal posso acreditar – dizia uma Nível-Três. – É muita burrice.

– Pois é. Ela já estava no Nível Seis. Logo, logo ia embora daqui. Por que jogar tudo para o alto assim?

Essa era a pergunta que eu também me fazia.

V esperava mais adiante no corredor, à porta da sala do Xerife, murcha, escoltada por dois brutamontes. Ela me encarava, tentando passar mais uma das suas mensagens cifradas. Certamente queria que eu a olhasse para receber a mensagem. E era isso que eu deveria ter feito. Deveria estar agradecida. Ela havia salvado a minha pele ao assumir a minha culpa. Mas eu não conseguia olhar para ela, muito menos ficar grata. Eu estava furiosa.

17

– Você vai deixar sua cama assim? – perguntou Missy.
– Assim como? – perguntei de volta.
– Toda bagunçada. Você nem enfiou o lençol debaixo do colchão.
– Fala sério.
– É sério! Orgulhar-se do espaço doméstico é um sinal de autorrespeito.
– Então é esse o problema: não tenho nenhum respeito por mim mesma.
– Está sendo sarcástica? Fique sabendo que não tem graça nenhuma.
– O senso de humor é um sinal da autodepreciação – falei, e dei as costas para a outra, deixando a cama desarrumada.

De todos os infortúnios que haviam despencado na cabeça das Irmãs Insanas, acho que Missy era o pior de todos. Dois dias após minha fuga, no dia em que V foi rebaixada, o Xerife começou a cumprir o que tinha prometido. Durante a chamada do dia seguinte, um dos conselheiros veio me informar que, a partir daquela noite, eu não dividiria mais meu espaço com Bebe e Martha. Depois do jantar, fui escoltada até um cômodo na outra ala do prédio, onde minhas coisas já esperavam por mim. Eu agora tinha uma nova colega de quarto. Missy era a rainha entre todas as vítimas da Síndrome de Estocolmo e um dos maiores casos de sucesso na história da Red Rock. Estava ali porque os pais haviam descoberto que ela matava aula para fumar baseado, mas agora ela era outra pessoa, uma boa moça renascida das cinzas que adorava cumprir metas e vivia exaltando as qualidades da instituição, como se um reformatório fosse um clube de escotismo. Quando os pais de alguém se interessavam pela escola e queriam saber mais informações, o Xerife ordenava que Missy ligasse para eles e vomitasse toda a ladainha sobre como a Red Rock tinha salvado sua vida. Ela era uma das que figuravam no vídeo promocional; sua foto vinha estampada nos folhetos.

Enquanto eu desfazia as malas, Missy observava minhas coisas com os olhos semicerrados, como se fizesse uma inspeção. Quando fui escovar os dentes no banheiro, lá foi ela foi atrás de mim e ficou parada, me observando passar o fio dental.

– Você se importa de...?

Ela nem deixou que eu terminasse:

– Eu me importo, sim. Me importo que você esteja aqui há seis meses e até agora não tenha feito progresso nenhum. Me importo que você tenha esse gênio difícil. Me importo que você esteja desperdiçando o tempo de todo mundo. Aliás, de hoje em diante eu existo só para isso: para me importar com você.

Simplesmente encarei a garota pelo reflexo. Ela só podia estar brincando.

As demais Irmãs estavam no mesmo barco furado. Bebe agora dividia o quarto com uma Nível-Seis chamada Hilary, outra garota-propaganda, que vivia no pé dela. Cassie também tinha mudado de quarto, o que não fazia nenhum sentido, já que a V nem estava mais lá. No entanto, difícil dizer qual era a roubada maior. Martha ainda tinha Tiffany como colega de quarto, recém-promovida para o Nível Seis. Agora, o poder lhe subira à cabeça. Quanto à V, bem, quando uma interna era rebaixada para o Nível Um por causa de uma falta grave, ela passava alguns dias em isolamento antes de reiniciar o longo calvário na escadaria dos níveis, mas, ao cabo de três semanas, V ainda estava trancafiada no quartinho, sem nenhum sapato para calçar e nada mais que um pijama surrado para usar o dia todo. As autoridades estavam realmente irritadas e ela pagava caro pelo que *eu* tinha feito. Talvez eu devesse me sentir agradecida, aliviada ou culpada, mas sempre que pensava na V, ainda ficava furiosa.

• • •

– Você não pode dizer que não avisei sobre Virginia Larson – disse a Dra. Clayton na primeira sessão que tivemos depois da minha fuga. Estampava no rosto aquela expressão de superioridade que me tirava do sério, que me deixava louca para jogar algo na cara dela.

– Pois é, você me avisou – falei, na esperança de que isso desse fim ao assunto. Que nada...

– Avisei que ela era uma má influência, que a mera proximidade poderia repercutir negativamente em você. Esta é uma realidade da vida, Brit. Às vezes as ações dos outros respingam na gente e precisamos assumir nossa parcela de culpa. Agora você está sendo obrigada a se *responsabilizar* pela *irresponsabilidade* da Virginia. É irônico, não acha?

Era muito mais irônico do que ela imaginava. Embora essa fosse uma das poucas vezes em que concordava com a bruxa, eu jamais daria o braço a torcer. Meio que desconfiava que ela soubesse da verdade e estivesse jogando verde para colher maduro. Já o Xerife era adepto de táticas mais diretas. Toda vez que me via, levava dois dedos aos olhos, depois os apontava na minha direção como se dissesse: "Estou de olho em você, Hemphill. Só esperando um deslize qualquer."

Paciência.

Com a vigilância constante, as coisas andavam bem deprimentes na Red Rock. Jed era a única luz no meu horizonte. Menos de uma semana depois do show em St. George, recebi uma carta dele:

Querida Brit,
Como você está? Espero que tudo esteja bem por aí, que esteja indo bem nos estudos e não tenha se metido em nenhuma encrenca.

Você é uma menina inteligente, certamente vem se comportando direitinho e fazendo um bom progresso.

Não tenho muito o que contar desde minha última carta. É primavera, e os dias têm sido lindos. Claro, ainda está gelado, mas isso não impede que a garotada ande por aí de bermuda e chinelo. Eu não desgrudo da minha jaqueta de camurça. Adoro o cheirinho dela, sabe.

Tio Claude já voltou da turnê e adorou a passagem por Utah. Aparentemente, o concerto foi muito bem-recebido e, ainda por cima, ele teve um tempinho para visitar um dos parques da região. Uma visita inesquecível. Ele disse que o Zion Park é o lugar mais lindo que já viu na vida e que vai esperar sua formatura para voltar lá com você.

Quanto a mim, estou bem, a saúde está ótima. Tive uma pequena irritação no pescoço, mas nada sério. O pessoal do trabalho ficou fazendo piada, dizendo que eu estava com um chupão. Imagina.

Tenho andado bastante ocupado, com muitos relatórios para escrever na firma, então peço desculpas por esta cartinha tão breve. Se fosse contar tudo o que se passa no meu coração, ficaria dias debruçado sobre este papel.

Basta dizer que estou morrendo de saudades.

Papai

Uau. Eu não via a hora de me reunir com as Irmãs e contar a elas tudo o que tinha rolado, mas simplesmente não havia como. Martha e eu tínhamos sido obrigadas a sentar em lados opostos na sala de aula, o que significava o fim dos bilhetinhos, e eu nem podia chegar perto da Bebe sem que Missy aparecesse para encher o saco ou que Hilary pulasse entre a gente.

Algumas semanas já haviam se passado desde minha aventura em St. George, e ainda nenhum contato com as Irmãs. Eu já estava subindo pelas paredes. Para não mergulhar de uma vez por todas na depressão, sempre que possível eu rememorava a minha noite com Jed, revivendo cada momento. Só isso para manter minha sanidade mental. E depois, quando já achava que as coisas não podiam piorar, a Dra. Clayton me veio com mais um dos seus joguinhos mentais.

– Vou receber umas notícias sobre sua mãe – disse ela já no fim da nossa sessão. – Então se prepare.

Até então, a gente ainda não tinha conversado muito sobre minha mãe – sem contar as tentativas ocasionais da Dra. Clayton de me fazer abrir sobre ela. Na realidade, fazia anos que ninguém falava seriamente comigo sobre a mamãe. Papai não dizia nada. A Monstra, muito menos. Até mesmo vovó tinha parado de tocar no assunto. Era como se mamãe tivesse morrido, embora todo mundo soubesse que ela ainda estava por aí. No começo, sempre que ela sumia de casa, eu ficava grudada no telefone à espera de notícias, mas depois de alguns meses, já havia perdido completamente a esperança de que ela ligasse.

– Notícias? Que notícias?

– Por enquanto não posso dizer nada.

– Como não? Ela é minha mãe!

– Semana que vem começam minhas férias, de quinze dias. Conversamos depois que eu voltar.

– Então por que tocou na droga do assunto se não ia poder falar dele? Por acaso gosta de me torturar, é?

A bruxa sorriu.

– Não, não gosto de torturar ninguém. Só avisei porque quero que você esteja preparada para se abrir, para trabalhar suas questões.

Quinze dias? Eu até podia perguntar para papai o que estava acontecendo, mas se ele soubesse de alguma coisa, por que não tinha me contado? Nos últimos tempos, suas cartas focavam as últimas gracinhas do Billy e as minhas notas. Depois diziam que *eu* é que estava em negação! Pois é. Para mim bastava. Eu precisava falar com as meninas. Naquela mesma tarde, assim que vi a Bebe, discretamente passei um bilhete para ela.

BB,
Precisamos nos ver. Mta coisa p/ contar s/ Clayton, Jed e... mamãe. Ficando maluca com esse silêncio td. Ficando maluca, ponto. SOS.
Cinderela

Cinderela,
Desesperada p/ fofocar c/ minhas gatas. Vc pode dar uma escapulida hj?
BB

BB,
SIM!!! Vou pegar a chave.
Cinderela

Cinderela,
Parfait. Avisa p/ Martha, q eu aviso p/ Cass. V <u>ainda</u> na solitária ☹
BB

• • •

– Eu odeio aquela mulher – reclamei. – Nunca vi ninguém tão cruel. Dá para acreditar numa coisa dessas?

Eu tinha acabado de contar às meninas sobre minha última conversa com a bruxa.

– Essa Clayton é uma megera. Parece um leão que fareja a fraqueza dos outros para depois dar o bote – disse Bebe. – Adora ficar martelando que eu gosto de fazer sexo só porque não tenho autoestima, e fica nisso. Nunca diz o que fazer para melhorar! Essa vaca tem é inveja. Aposto que a gente nem tinha nascido quando ela trepou pela última vez.

– Você acha que isso é ruim? Ela diz que sou motivo de vergonha para os meus pais! – choramingou Martha. – Fala que eu engordei só para me vingar da minha mãe. Tudo o que eu faço é para puni-los, segundo ela.

– É mais ou menos isso que ela me fala – completou Cassie, baixinho. – Que eu tinha tanta raiva dos meus pais que acabei me transformando nesta abominação.

Bebe estremeceu.

– Chega de falar dessa bruxa malvada, gatas. O que mais está rolando? Estão gostando das novas guarda-costas? Como vai a nossa querida Tiffany?

– Pior do que nunca – respondeu Martha. – Parece que está descontando toda a fúria dela em mim. O que eu fiz para aquela garota? Ela agora me vigia até na hora de comer. E essas bulímicas conhecem todos os truques da cartilha; nem posso mais esconder comida na meia.

– Meu Deus, que horror. Mas entendo direitinho o que você está falando. Hilary, a minha guarda-costas, faz o tipo "matar com todo o carinho" e eu sou a nova vítima dela. É dessas mórmons que ficam sempre sorrindo. Às vezes eu até acho que ela é uma espiã. Afinal, que delinquência uma garota dessas pode ter feito para vir parar na Red Rock? Ainda por cima é virgem! Fez um daqueles votos de castidade e agora fica atrás de mim, insistindo para que eu recupere a minha virgindade. Por favor, digam a ela que não dá para recuperar a virgindade.

– Também sou virgem – replicou Martha.

– Tecnicamente, eu também – acrescentou Cassie.

– Deixa pra lá, gatas. O que estou querendo dizer é que nem o meu chumbo mais grosso é capaz de atravessar o escudo de caretice dessa garota. Meu Deus, acho que enfim encontrei um inimigo à minha altura.

– Acho difícil – falei.

– Está tudo tão chato agora... – observou Martha. – V sumiu do mapa. A gente não pode se falar mais. O Xerife não sai da minha cola e toda semana preciso participar das expedições noturnas, sem falar nas Marchas da Morte que todo mundo é obrigado a fazer. Pelo amor de Deus, Brit, dê uma notícia boa pra gente. Conte alguma coisa sobre o Jed.

Então contei a elas tudo o que havia acontecido na minha extraordinária noite de liberdade, depois falei da carta que tinha acabado de receber do Jed.

– Aahh, é tão romântico – disse Martha. – Você tem namorado.

– Tenho?

– Encontros secretos, cartas em código... Está rolando uma coisa meio Romeu e Julieta – respondeu Cassie.

– Não sei se a gente está namorando; só sei que é ele que me impede de enlouquecer de vez neste lugar. Ele e vocês, claro.

– Eu sei, gata. Também preciso muito de vocês. Mas, se está ruim pra gente, imagina para a V? Já são três semanas de solitária.

– Um castigo cruel e raro por aqui – afirmou Cassie.

– Você deve estar muito agradecida, né, Brit? – indagou Martha. – Afinal, ela fez tudo isso para que você pudesse ver o Jed.

Refleti um instante, depois disse:

– É, estou.

Elas ficaram me olhando como se esperassem que eu dissesse algo mais.

– Estou sentindo que vem um "mas" por aí – falou Bebe.

– Como assim?

– Esse assunto deixou você meio desconcertada.

– Bobagem.

– Não me venha com essa. Sei do que estou falando.

– Não estou desconcertada nem nada. Sei que isso que a V fez foi uma atitude grandiosa, mas vocês não acham tudo isso um pouco estranho?

– Estranho? Que ela tenha assumido a culpa por você? – perguntou Bebe.

– Sim, que ela tenha queimado o filme dela justo quando faltava tão pouco para sair daqui. Não é a primeira vez que ela faz uma coisa dessas, então fiquei achando... sei lá, estranho.

– Estranho mesmo é que você não fique nem um pouco grata pelo sacrifício dela – rebateu Bebe, com a voz gélida.

– Não sou mal-agradecida, não é isso. É que... Nem sei explicar direito, mas...

– Ela ofereceu a mão a você – interrompeu Martha.

– Tipo, para afugentar os monstros – completou Cassie. – Não é isso que diz a sua música? – Ela me encarou, visivelmente decepcionada.

Respirei fundo a expliquei:

– Olha, pessoal. Não quero subestimar a V, e me sinto péssima pelo que aconteceu com ela. Responsável, até. Era eu que devia estar naquela solitária.

– Faltam apenas alguns meses para V completar 18 anos. Ela sabia que podia sair daqui mais cedo do que você sairia se fosse rebaixada para o Nível Um – disse Cassie. – Ela é muito esperta. Deve ter tido os seus motivos.

– Pode ser – falei.

– Me lembre de nunca lhe fazer um favor, ok? – falou Bebe. – "Toda boa ação tem uma punição", diz o ditado.

– Isso não é justo, Bebe. Aliás, isso tudo não lhe diz respeito, então... será que dá para você deixar o veneno de lado?

– Ah, quer dizer que a venenosa aqui sou eu? V me diz respeito, sim. Sou amiga dela.

– E eu não sou?

– Parem com isso, vocês duas, por favor – interveio Martha. – Estão falando que nem os meus pais.

– Isso mesmo – concordou Cassie. – Parecem dois bodes se chifrando.

Por um tempo, Bebe e eu ficamos apenas nos encarando, de braços cruzados, enquanto Martha e Cassie conversavam. Voltei para o quarto às três da madrugada, agora com mais um peso no coração, o de V e Bebe somando-se àquele outro que já estava lá: o da mamãe.

18

Foram as duas semanas mais longas da minha vida. Nenhuma notícia da minha mãe. Nenhum encontro com as Irmãs. V finalmente saiu do Nível Um, mas sempre que eu a via, ela estava escoltada ou por duas Nível-Seis ou por um conselheiro. Bebe tinha parado de falar comigo; nem olhava para mim. Martha andava sempre ausente, ocupada com o rigoroso regime de caminhadas da escola. Já Cassie tinha como sombra Laurel, sua nova colega de quarto. Nenhuma carta do Jed. Nada para ocupar minha cabeça, a não ser mamãe.

Quando a Dra. Clayton voltou de férias – nem um pouquinho mais bronzeada, nem um pouquinho mais descansada, sem nenhum sinal de que tivesse se divertido –, fui educada com ela. Perguntei como fora a viagem, depois indaguei sobre a minha mãe.

Ela se recostou na cadeira e girou a caneta na mão. Levantou-se para ajustar o ar-condicionado, voltou para a mesa, arrumou seus papéis, abriu minha pasta de arquivo e, de lá, tirou uma carta. Pela letra, logo vi que era da vovó. Pelo envelope rasgado, vi também que já a haviam lido. O carimbo do correio dizia "Monterey, Califórnia". A data era de quase quatro semanas antes.

– Faz *um mês* que você está com isso?

– Mais ou menos.

– Então por que me fez esperar?

– Achei que você ainda não estava preparada.

– Não foi isso que você disse. Você falou que não podia contar nada.

– Tudo bem, foi isso que eu disse. Não podia contar nada porque achava que você não estava preparada. Mudei de ideia, só isso.

A bruxa me fulminava com olhar, esperando que eu lesse a carta ali mesmo para depois recolher os caquinhos do que sobraria de mim. Mal acreditou quando guardei o envelope no bolso.

– Você estava tão ansiosa na sessão passada... Pensei que quisesse ler imediatamente.

– Não quero gastar o tempo da nossa sessão. A carta não vai fugir, posso ler depois – falei, e abri um falso sorriso.

O envelope por pouco não fez um buraco no meu bolso ao longo da hora seguinte. Ao fim da sessão, corri para o banheiro, o único lugar onde poderia ler em paz.

Minha querida Brittie,
Como você está? Espero que esteja bem. Ando preocupadíssima com você. Seu pai disse que você está numa escola especial, que andou metida em alguns problemas, mas custo a acreditar. Não pode ser a minha Brit. Você sempre teve uma cabeça ótima. Se alguma coisa realmente estiver errada, você vai dar um jeito de consertar.

Tem se agasalhado direitinho nesse frio de Utah? Tem comido bem? Posso mandar umas barrinhas de cereal se você quiser. Gostaria muito de lhe fazer uma visita. Posso até ir de avião. Agora já estou bem mais acostumada com eles. Na verdade, tenho voado bastante nos últimos tempos. Vou regularmente a Spokane para... ver sua mãe.

Eu já devia ter lhe contado tudo, mas não queria que você alimentasse falsas esperanças, nem para o bem nem para o mal. Há mais ou menos um ano parei de ter notícias da Laura. Depois de muitos meses sem dormir, imaginando as circunstâncias horríveis em que sua mãe poderia estar, contratei um detetive particular. Bem, no fim das contas o homem era um charlatão: embolsou muito dinheiro e não fez porcaria nenhuma. Então, após o Natal, contratei um segundo. Esse senhor, ex-detetive da Polícia de Los Angeles, encontrou sua mãe em dois tempos. Ela estava em um abrigo de sem-teto em Spokane, no estado de Washington.

Assim que recebi a notícia, corri para vê-la. Minha esperança era que ela viesse morar comigo ou se internasse numa ótima clínica particular que descobri em Santa Barbara. Mas, acima de tudo, eu queria mesmo era abraçá-la bem forte e fazer o que fosse necessário para que ela ficasse bem.

Pelo que entendi, faz alguns meses que Laura está morando nesse abrigo, que na realidade mais parece uma pensão. Fisicamente ela está bem. Mentalmente poderia estar melhor. Aliás, um dos motivos para não ter contado nada antes foi o seguinte: eu não sabia direito como lhe dar a notícia. Sua mãe ainda está muito agitada. Num dia me reconhece; no outro, não. Mostrei-lhe uma foto sua e ela ficou paralisada por alguns minutos, muda. Ninguém imagina o que se passa na cabeça dela, portanto, minha neta, você não deve levar a mal o que ela faz ou diz. Sua mãe tem problemas psiquiátricos, mas no fundo, no fundo continua amando você como sempre amou, disso eu tenho absoluta certeza.

O lado bom é que ela tem por lá o que poderíamos chamar de um grupo de amigos, algo parecido com uma rede de segurança. Assistentes sociais trabalham no abrigo, logo há sempre alguém para ficar de olho nela. Na minha primeira visita, tentei convencê-la a voltar para a Califórnia comigo e se internar numa clínica, mas ela não quis. Voltei para casa decidida a interná-la à força, mas depois pensei melhor. Em Spokane, ela tem um mínimo de estabilidade na vida. Recebe cuidados, pelo menos até certo ponto, e isso é melhor do que nada. Ainda repele qualquer tipo de tratamento, achando que os médicos são inimigos, mas tenho a impressão de que, se eu ficar por perto e insistir, com o tempo ela vai acabar cedendo.

Falando nisso, estes são os meus planos: passar todo o verão em Spokane para ficar junto da Laura e ver se consigo conquistar a confiança dela, encontrar um meio de ajudá-la. Hoje em dia há tantos remédios novos que ela poderia tomar... Não devemos perder a espe-

rança. O mais provável é que Laura jamais volte a ser a mulher que conhecemos um dia, e que leve anos para recuperar pelo menos uma sombra do que era antes. Mas precisamos tentar, certo?

Ah, Brittie. Tudo isso é tão triste... Imagino como deve ser difícil para você. Sei que você passou por maus bocados. Assim como seu pai. Aliás, agora que tenho a tutela legal sobre sua mãe, entendo perfeitamente o peso da posição que foi dele um dia. Não fique brava com seu pai pelo que fez com você. Fez por amor, fique certa disso.

Também te amo muito, minha querida. Fique bem.

Vovó

• • •

– Fiquei sabendo que sua mãe maluca foi encontrada vagando pelas ruas do Canadá – disse Missy, os olhos brilhando de entusiasmo.

Estávamos na sessão de TC do dia seguinte e – olha que coincidência – eu estava na berlinda. Era o Xerife quem estava no comando, como vinha fazendo de forma cada vez mais frequente.

– Spokane fica em Washington. Um pouquinho de geografia não faz mal a ninguém. E como foi que você ficou sabendo?

– Me contaram.

– Clayton? – perguntei. Ao que tudo indicava, a confidencialidade do paciente não era o forte da bruxa.

– Não importa – respondeu Missy, e com a maior carinha de santa, disse: – Estamos aqui para ajudar você a digerir tudo isso. Conte como está se sentindo.

– Ela tem razão, Hemphill – concordou o Xerife. – É preciso que você tenha consciência dos próprios sentimentos.

– O que você sabe exatamente? – perguntei a Missy.

– Sei que sua avó investigou o paradeiro da sua mãe, encontrou-a vivendo na rua que nem... que nem um mendigo maluco.

– Mãe e filha, duas flores selvagens – comentou o Xerife.

– Nenhum de vocês sabe merda nenhuma da minha mãe.

– Sei que ela viveu um tempão em negação com relação à doença dela – disse Missy –, até que já era tarde demais.

– Cala essa boca!

– Opa, meninas! – exclamou o Xerife. – Parece que finalmente pisamos num calo.

– Se não cumprir seu programa aqui – continuou Missy –, você vai acabar igualzinha a ela.

– Garota, tem tanta coisa no mundo que você não conhece, que se eu fosse enumerar, ia passar o resto da vida falando – consegui dizer com um mínimo de serenidade e firmeza, embora estivesse ardendo em chamas. – E eu preferiria mil vezes acabar meus dias como uma pessoa confusa e doente como a minha mãe do que passar um segundo que fosse na pele de uma conformista covarde e venenosa que nem você!

Todos riram, inclusive o Xerife, que adorava uma boa briga entre mulheres. Missy ficou pálida de raiva e enfim se calou. Mas, assim que cruzamos olhares, ela articulou uma frase:

– Me aguarde.

19

Nessa noite eu não consegui dormir. Eram muitas emoções na minha cabeça, não só as de sempre, sobre mamãe e sobretudo sobre papai, mas também sobre Missy, V e Bebe. Resolvi escrever uma carta para o Jed. Ultimamente eu vinha escrevendo um monte de mensagens imaginárias para ele. Tinha recebido um bilhete seu, com vários vaga-lumes desenhados, mas ainda não havia conseguido mandar nada de volta. Daí as cartinhas telepáticas.

Mentalmente, eu podia abrir o verbo e falar o que bem entendesse, coisas que jamais teria coragem de dizer cara a cara ou em textos reais. Contei a ele como havia sido especial aquela noite no parque, sobre as coisas que eu tinha sentido ao tocar com a banda naquele bar. A música levara embora boa parte da minha infelicidade e, na minha cabeça, o amor que eu sentia pela música em geral se misturava ao amor que eu sentia por ele. Contei também sobre meu desentendimento com a Bebe e as coisas esquisitas que eu sentia em relação à V.

Quando eu não conseguia dormir, confidenciava para o Jed os meus maiores temores, principalmente de que eu nunca mais fosse sair daquele manicômio e estar com ele normalmente. Era bem possível, aliás, que eu nunca mais pudesse *ser* uma pessoa normal. Talvez acabasse ficando maluca também. Não do tipo que a Red Rock enxerga como malucas, que simplesmente mata aula, vomita depois de comer, fica arranhando o próprio corpo. Mas doida de verdade, dessas que ouvem vozes. Doida feito a minha mãe.

Eu ainda estava conversando com o Jed no momento em que o sol despontou do outro lado das cortinas. Após uma noite em claro, passar um dia inteiro carregando blocos na pedreira seria brutal. Praticamente precisei me arrastar até o banheiro para tomar um banho. E por pouco não tive um treco ao dar de cara com a V, agachada no cantinho da cabine do chuveiro.

– *Shhhh...* – ela foi logo dizendo.

– Como foi que você entrou aqui? – perguntei baixinho.

– Muito discretamente.

– Mas você ainda não está no Nível Dois?

– Estou. Mas as Nível-Dois também precisam tomar banho, né? – Ela apontou para o vestiário, onde a mulher que a escoltava estava esperando.

– Como você sabia que ia me encontrar aqui?

– Você sempre usa a segunda cabine, Brit. Para quem se diz rebelde, você é uma velha cheia de manias.

– Você está bem? Todo mundo está superpreocupado. Você já deve estar subindo pelas paredes lá naquela solitária.

– Não é mole, não, mas já passei por coisas piores.

– Por que você não diz logo para o Xerife que está pronta para encarar suas questões?

– Acho que esse truque não funciona mais depois da quarta vez – respondeu ela, e deu um sorrisinho triste. – Estava louca para encontrar uma de vocês. Achei que alguém iria lá me ver.

– É que... não tem sido fácil para nenhuma de nós. Eles estão na maior marcação com a gente.

– Tem um jeito para tudo neste lugar.

– Mas é você que tem a manha da Red Rock. O que é que a gente pode fazer?

– Basta querer.

– Como assim? Você acha que lhe devo uma visita arriscada só por causa do que você fez?

V ficou genuinamente surpresa, depois magoada, o que me fez sentir um lixo.

– Você não me deve nada, Brit. Não há nenhum saldo a pagar entre nós – disse ela, aparentemente com sinceridade.

Mesmo assim, fiquei com a impressão de que tudo não passava de uma grande mentira. Havia, sim, uma enorme dívida que cabia *a mim* pagar, uma dívida por algo que eu nem tinha pedido.

– Não arranque os cabelos. Seu presente de Natal saiu mais caro do que eu esperava, mas fico feliz mesmo assim. Deu para se divertir um pouco com o Jed?

Bastou pensar naquela noite para que um sorriso brotasse automaticamente nos meus lábios.

– Deu.

– Então está tudo certo. Valeu a pena.

– Para mim, não para você.

– Quem decide isso sou eu. Você está bolada comigo ou algo assim?

– Não é isso – menti. – É que eu fico me sentindo culpada.

– Brit... – Ela bufou. – A culpa é uma grande perda de tempo. Não gaste sua energia com isso. Nem comigo.

Em seguida, espremendo-se sob a divisória, ela passou para a cabine vizinha e abriu o chuveiro.

Aquela tarde na pedreira foi um dos momentos mais solitários de toda a minha passagem pela Red Rock. O calor tinha voltado com força total, e os conselheiros já haviam retornado às revistas de fofocas, refrigerantes diet e sonecas no pátio. Teria sido possível conversar com uma das meninas. Mas a Martha não estava lá, sem dúvida sofrendo com mais uma das suas intermináveis caminhadas. A Cassie, mais uma vez, tinha escolhido trabalhar com a nova colega de quarto. Bebe ainda me dava um gelo. Então, só me restava seguir empilhando aqueles blocos enquanto repassava mentalmente a triste conversa que tivera com a V no banheiro. Estava tão quente, e eu suava tanto, que ninguém notou as lágrimas que empapavam meu rosto.

• • •

Foram três longas semanas até que a Bebe resolvesse me tirar da geladeira e fazer as pazes. Quer dizer, mais ou menos. Ela veio falar comigo na pedreira e propôs um acordo.

– Isso já está ficando chato, Brit. Será que a gente pode parar agora? Sem essa de pedir desculpa, de dizer que estava morrendo de saudade, de falar *darling*.

– Era você quem estava irritada comigo, Bebe.

– Acabei de falar que essa parada já estava cansando minha beleza. Podemos deixar pra lá? Até porque tenho uma coisa muito mais engraçada para contar.

– O quê?

– Venha comigo.

Segui-a até o local em que Cassie empilhava blocos com a colega.

– Brit, esta aqui é a Laurel. Laurel, esta é a Brit.

Trocamos o "oi" de praxe, depois nos avaliamos. Laurel era uma garota baixinha, miúda mesmo, menor até do que a Bebe, e tinha cabelos pretos cortados na altura da nuca, além de olhos num tom lindo de castanho. Sorte dela ter a Cassie como parceira de trabalho.

– Laurel está dividindo um quarto com a Cassie agora.

– É, eu sei.

– Ao que parece, ela e a nossa amiga Cassie são mais do que colegas de quarto.

– Ahn?

Não entendi direito o que a Bebe queria com aquilo. Cassie raspava o chão com um dos pés, vermelha como um pimentão.

– A troca de colegas de quarto era para ser um castigo, não era? Bom, encontraram uma bela maneira de castigar a Cass.

Olhei para Laurel, que estava impassível. Eu ainda não entendia que motivos poderia ter a Bebe para zoar a garota daquela maneira.

– Colocaram a Cassie com uma lésbica! – exclamou Bebe às gargalhadas.

– Prefiro a palavra "gay" – retrucou Laurel. Bebe ria tão alto que

Cassie precisou tapar a boca dela enquanto a outra dizia: – Mas os idiotas que administram este lugar não sabem disso.

– Não é o máximo? – falou Cassie. – A mãe da Laurel colocou-a aqui porque ela fugiu para São Francisco quando tinha 15 anos. Acontece que ela fugiu porque não tinha coragem de sair do armário numa cidadezinha pequena, numa escola com menos de duzentos alunos. Igual a mim.

– Fugi porque fui *aconselhada* a fugir – alegou Laurel. – É que... quando já não aguentava mais continuar vivendo aquela mentira, liguei para o serviço nacional de aconselhamento para gays e lésbicas, perguntando o que deveria fazer, se saía do armário ou não. Meus pais são muito carolas, conservadores, daí o viado gente boa do outro lado da linha aconselhou que eu ficasse na minha até que pudesse me mudar para outro lugar, digamos assim, mais sofisticado. Só depois é que eu devia me assumir.

– Então, ela fugiu para São Francisco no dia seguinte – disse Cassie, babando de admiração, quase uma pré-adolescente.

– Ué, o garoto não disse quanto tempo eu devia esperar, né?

– E a sua mãe não suspeitava de nada? – perguntei.

– Nem passava pela cabeça dela – respondeu Cassie pela outra. – Mas acabou encontrando a Laurel e a arrastando de volta para casa. O problema era que a Laurel tinha se divertido tanto em São Francisco que, na primeira oportunidade, fugiu de novo. E lá se foi a mãe atrás dela, dessa vez com um capanga da Red Rock.

– E até hoje ninguém aqui sabe o porquê dessas fugas?

– Aparentemente não. Caso contrário, não teriam deixado a gente dividir o quarto – respondeu a própria Laurel, depois sorriu para Cassie. – A ignorância é uma bênção.

– Quer dizer então que vocês duas são um casal? – perguntou Bebe com a sutileza de sempre.

– Não precisamos definir nada – replicou Laurel.

– Não somos um casal... – disse Cassie. – Mas, depois daquela garota na praia, Laurel é o primeiro gay que eu conheço.

– Meu amor, uma em cada dez pessoas é gay – retrucou Laurel. – Sou apenas o primeiro que você *sabe* que conhece.

– Uau, Cass – falei. – Deviam colocar você no folheto da escola: "Eu estava no fundo do poço quando cheguei aqui, confusa com a minha sexualidade. Mas depois me deram uma colega de quarto lésbica e todos os meus problemas acabaram."

– É muito bom, tudo isso – disse Bebe. – Preciso contar para a Martha. Alguém a viu por aí?

Naquela mesma manhã, Cassie tinha visto Martha saindo para uma das caminhadas pedagógicas do Xerife.

– Coitadinha – lamentou Bebe. – Num calorão desses...

– Pois é – concordou Cassie. – Está mais quente do que uma pistola de 2 dólares.

– "Hotter than a Two Dollar Pistol"! George Jones, né? Adoro suas referências texanas – disse Laurel, e riu de um modo carinhoso.

– Acho que não é só a nossa Brit aqui que está devendo um obrigadinho à nossa querida V – disse Bebe, lançando na minha direção mais um daqueles seus olhares penetrantes.

– Pare com isso, Bebe – rebati.

– Tudo bem. Parei – disse ela, voltando aos modos de patricinha.

– Acho melhor a gente se separar agora – sugeriu Cassie. – Não queremos interromper a leitura edificante dos nossos prezados conselheiros.

– Nesse caso... tchauzinho, gatas – despediu-se Bebe, e saiu saltitando pedreira afora.

Cassie e Laurel se afastaram também e, num piscar de olhos, me vi sozinha outra vez.

20

– Está pronta para falar da carta da sua avó? – perguntou a Dra. Clayton.

– O que tem para falar?

– Francamente, Brit, já estou ficando exausta com suas evasivas. Há muito o que falar sobre essa carta.

– Minha mãe está bem, vivendo em Spokane. As notícias são todas boas.

– É mesmo?

– Ela não está morta. Então... as notícias são relativamente boas.

A bruxa agitou a caneta no ar e deu uma risadinha. Essa era a deixa para que eu perguntasse qual era a graça.

– Que foi?

Ela balançou a cabeça.

– É tudo tão óbvio...

– Se você pretende chegar a algum lugar com isto, talvez seja melhor dizer como, porque não estou entendendo.

– Mais do que você imagina, Brit. Vou desenhar para você. Na carta da sua avó, ela diz que sua mãe sempre recusou qualquer tipo de tratamento porque acha que os médicos... Espere um pouco, vamos ver o que ela diz exatamente. – Da minha pasta de arquivo, a Dra. Clayton tirou uma fotocópia da carta da vovó. – Sua mãe "ainda repele todo tipo de tratamento, achando que os médicos são inimigos..." Não é assim que você se sente também?

– *"Just because you're paranoid doesn't mean they're not after you."*

– Desculpe?

– Nada, só a letra de uma música: "Você pode ser até paranoico, mas isso não significa que não estejam atrás de você." Mas não, não acho que a sua intenção seja me envenenar ou implantar câmeras no meu cérebro. E esse é o tipo de coisa em que minha mãe acredita, se é o que está sugerindo.

– Não é isso que quis dizer. Você está sendo demasiadamente literal. Só estou tentando mostrar como a *sua* natureza reflete a da *sua mãe*.

– Você já disse isso mil vezes. Por que não vai direto ao ponto e pergunta logo o que deseja perguntar? Você quer saber se eu tenho medo de pirar também, não é isso?

– Grosso modo, sim.

– Por acaso os seus pais ainda estão vivos? – perguntei a ela.

– Não vejo como isso possa interessar.

– Diga, por favor. Sua mãe ainda está viva?

A bruxa devia ter no mínimo 50 anos, portanto eram grandes as chances de que pelo menos um dos pais já tivesse falecido.

– Minha mãe ainda está viva. Meu pai já morreu.

– De quê?

– Aonde você quer chegar com isso, Brit?

– Apenas responda.

– De ataque cardíaco.

– Você não tem medo de infartar também?

– Não mais do que qualquer outra pessoa.

– Então, minha mãe também tem uma doença. É isso que todos os médicos disseram para o papai e para mim. Pode ser hereditária, mas vovó nunca teve nada, nem minha tia, irmã da minha mãe, logo não tenho nenhum motivo para achar que vou adoecer também.

A lógica era tão perfeita que quase acreditei nela.

– Este é um modo bastante maduro de encarar as coisas, Brit. Mas imagino que, se eu tivesse hipertensão, um nível alto de colesterol ou qualquer outro sintoma de cardiopatia, certamente pensaria de outra forma, ficaria mais preocupada, sim, talvez até procurasse algum tipo de medida profilática.

– Medida profilática? Tipo o quê? Tratamento de choque?

Eu estava sendo irônica, mas ao ver o sorrisinho sinistro que brotou no rosto da bruxa, fiquei com medo de ter dado a ela alguma ideia.

• • •

No fim das contas, a bruxa realmente tinha um tratamento de choque reservado para mim, mas nada que envolvesse eletrodos. Dali a alguns dias, ela me convocou para uma sessão extraordinária. Quase tive um treco quando vi quem estava com ela na sala.

Papai.

Fiquei sem palavras. O que ele estava fazendo ali? Será que tinha vindo me salvar, como secretamente sonhavam nove entre dez internas da Red Rock? Ou algo teria acontecido à mamãe? A Dra. Clayton saboreava minha perplexidade como um delicioso doce. No entanto, antes que meu desconforto pesasse no ambiente, ela enfim se deu o trabalho de explicar.

– Como sabe, Sr. Hemphill, de modo geral não permitimos visitas individuais, mas no caso da Brit, achei que podíamos abrir uma exceção. – Virando-se para mim, ela abriu o sorrisinho mais falso. – Seu pai, muito generosamente, assentiu em subtrair um dia da sua viagem familiar pelo Grand Canyon para vir até aqui e tentar contribuir um pouco com o seu processo terapêutico.

– Você foi para o Grand Canyon *sem mim*?

Por algum motivo, me senti mais traída por isso do que por qualquer outra coisa que ele já tivesse feito até então.

– Sim, meu amor. A paisagem é maravilhosa. Queria muito que você estivesse lá para ver também.

Fiquei olhando para ele. Será que eu tinha ouvido direito? Quer dizer, não é possível que ele considerasse aquilo uma inofensiva visitinha social.

– Como eu estava dizendo – interveio a médica –, seu pai concordou em dar uma passada por aqui e nos ajudar a trabalhar determinadas questões. – Ela se virou para papai. – Sr. Hemphill, acho que seria proveitoso se a Brit soubesse exatamente como veio parar aqui na Red Rock.

Papai assentiu, encarando a bruxa, que o fitava com firmeza. Depois, olhou para mim, quase como se pedisse ajuda para que eu tirasse a mulher da sala. Como minha tendência é fazer tudo o que papai pede, mesmo quando estou furiosa, pigarreei alto. Ele também limpou a garganta e não disse nada. Só então caiu a ficha da Dra. Clayton.

– Muito bem, vou deixá-los a sós por um tempo.

Logo que ela saiu, papai se adiantou para me dar um abraço rígido. Me desvencilhei o mais rápido possível. Olhando diretamente nos olhos dele, falei:

– Você ia me dizer por que vim parar aqui...

– Segundo disseram os seus terapeutas, você pensa que foi uma ideia da sua mãe.

– Uma ideia da minha *madrasta* – corrigi.

– Tudo bem, ok. Mas só para constar: ela até achava que você andava precisando de... sei lá, de uma orientação, mas a decisão de mandar você para cá foi toda minha.

– *Sua?*

Àquela altura, ele já estava até vermelho, visivelmente constrangido.

– Sim. Sua mãe... quer dizer, sua madrasta achava que você precisava de ajuda para lidar com sua... sua revolta, mas era contra a ideia de você vir para um lugar assim tão distante – gaguejou ele. – Fui eu que escolhi a Red Rock. Achei que seria a melhor opção para você.

Talvez eu já desconfiasse disso desde o início, mas ouvir da boca dele foi como levar uma punhalada pelas costas. Fiquei olhando para aquela pessoa que um dia eu tinha amado mais do que qualquer outra na vida, e de repente tive um surto de raiva. Foi só por um segundo, mas o bastante para baixar minha temperatura a zero.

– Afinal de contas, o que fez você decidir pela Red Rock? O fato de que ela fica a uns mil quilômetros de Portland? Ou quem sabe foi a abordagem terapêutica, tão fofinha e carinhosa?

Nem mesmo papai teria sido capaz de ignorar o sarcasmo. Ele correu a mão pelos cabelos, depois respondeu:

– Poxa, Brit, minha visita é curta. Vamos tentar ser mais cordiais.

– Cordiais? Por acaso você acha que foi para isso que a Clayton chamou você aqui? Pra gente tomar um chazinho juntos? Não. Ela chamou você só para me deixar ainda mais para baixo. É assim que as coisas funcionam por aqui.

– Não, meu amor. Tenho certeza de que não é assim. Sei que a Dra. Clayton é rígida, mas ela só quer o seu bem, como eu.

Foi então que a minha ficha caiu: *papai não fazia a menor ideia*. Não tinha a menor noção do que realmente era a Red Rock, mesmo estando com os dois pés fincados nela, podendo enxergar tudo com os próprios olhos se quisesse de fato. Pior, não tinha a menor noção dos reais motivos que o levaram a me trancafiar ali. Naquele momento, eu podia ver um monte de coisas que ele próprio não via ou que fazia o possível para não ver.

– Até quando você vai continuar com isso? – perguntei. – Até quando vai tapar o sol com a peneira?

Papai ergueu o rosto, tão surpreso quanto eu com o veneno da minha voz.

– Do que é que você está falando agora? – questionou ele, desanimado.

Minha vontade era pegá-lo pelos ombros e sacudi-lo até fazê-lo acordar, mas me contive.

– Por acaso você tem alguma ideia da razão que o levou a me internar? Aposto que não.

Ele agora me encarava com o mesmo olhar perdido que eu via em quase todas as meninas que iam para a berlinda nas sessões de TC.

– Deixe-me esclarecê-lo – continuei. – Você me internou porque não conseguiu fazer nada para ajudar a mamãe, então está tentando compensar comigo. Me internou porque tem medo que eu fique...

– Que você fique o quê? – perguntou ele, desconsolado.

Mas não consegui verbalizar. Isso daria a tudo uma concretude que eu não queria. E, se papai confirmasse as minhas suspeitas, seria demais para mim. Além disso, ele estava tão vermelho agora que eu já começava a temer um piripaque qualquer. De repente, meu momento de lucidez e ódio passou e lá estava eu de volta àquela salinha pavorosa, diante do que ainda sobrava do homem que era meu pai, uma imagem de pura tristeza e culpa. Senti brotarem as lágrimas, mas antes que elas pudessem escapar, saí correndo da sala. A Dra. Clayton esperava logo ao lado da porta, com uma cara satisfeita. Disparei pelo corredor, me perguntando em que momento papai tinha se tornado uma daquelas pessoas das quais eu precisava esconder meu verdadeiro eu.

21

Papai finalmente tinha dado as caras e admitira que a ideia de me mandar para Red Rock havia sido dele, logo a Dra. Clayton agora parecia ter como missão provar que eu era doida de pedra. Ou seja, mais do que nunca eu precisava de uma reunião com as Irmãs. O problema era que eu não tinha a mínima ideia do que fazer para que isso acontecesse. A única pessoa que sabia estava sendo mantida numa solitária.

Eu ainda estava com raiva da V. E ainda me sentia culpada. Cada dia que ela passava no Nível Dois era mais um peso na minha consciência. Mas, apesar de todos os meus sentimentos contraditórios, eu estava morrendo de saudades, sobretudo daquele jeito franco e direto de consolar as pessoas que ela tem.

Dois dias após a visita do papai, já subindo pelas paredes, resolvi falar com a V. De manhã, a caminho do café, usei um grupinho de meninas do Nível Três como escudo; quando elas viraram para o refeitório, me voltei para o outro lado e segui rumo à ala das solitárias. Os corredores estavam vazios e meu coração retumbava no peito. Minha impressão era a de que me observavam de todos os lados.

Duas Nível-Seis montavam guarda no fim do corredor das solitárias, papeando diante do que eu imaginava ser a cela da V. Fiquei agachada, tentando tomar coragem para seguir em frente. Mas simplesmente não consegui mexer as pernas. Não porque estivesse morrendo de medo de ser pega ou de levar bronca daquelas garotas. Mas porque não queria encarar a V; nem sabia direito como estavam as coisas entre nós. Além disso, aquela veterana tinha um talento especial para abordar assuntos sobre o qual a gente não queria falar. Ironicamente, nesse aspecto ela era bastante parecida com a bruxa.

Então amarelei e voltei para o refeitório me sentindo péssima. Quando cheguei, a maioria das pessoas já se preparava para sair. Avistei Cassie e Laurel juntas, depois a Bebe, caminhando dois passos à frente de Hilary, sua carcereira, que levava as bandejas das duas. Isso quase me fez rir e correr ao encontro dela, mas de repente me lembrei do que a patricinha dissera antes, que o papai queria me ver pelas costas. Embora ele tivesse acabado de fazer uma visita, tudo levava a crer que Bebe havia acertado na mosca – e eu não estava com a menor vontade de vê-la esfregar isso na minha cara. Eu já pensava que ficaria totalmente sozinha... e surgiu a salvação: Martha. Trombar com ela havia se tornado uma raridade, porque nos últimos tempos ela quase não dava mais as caras na escola.

– Meu Deus, que bom encontrar você aqui! – exclamei.

Ela se virou na minha direção. Parecia exausta, muito pálida e com os olhos caídos.

– Ah, oi, Brit – balbuciou ela.

– Está indo para aula? Preciso muito conversar com você.

– Não vai dar. Estou saindo para mais uma Marcha da Morte, dessas de um dia para o outro. – Martha estava praticamente chorando.

– Nem cinco minutinhos? Estou desesperada.

– Quem dera – respondeu ela, num tom fúnebre. – Já estão bravos comigo porque perdi a hora. Estão esperando por mim. Volto amanhã, mais ou menos na hora do almoço. Aí a gente se fala.

Martha deu de ombros demonstrando impotência, depois me deu as costas e foi embora.

No almoço do dia seguinte, fui correndo para o refeitório, doida para encontrar com ela, mas não a vi por lá. Nem no jantar. Nem no café da manhã do dia seguinte. Procurei por Martha em toda parte: nas salas de aula, na pedreira, na enfermaria... Cheguei ao ponto de achar que ela estivesse trancafiada numa solitária, mas não era o caso. Martha havia sumido. Perguntei a Bebe, Cass e Laurel para ver se alguém tinha notícias dela, mas nenhuma das três sabia de nada. Àquela altura, eu já estava tão preocupada que arrisquei falar com a Tiffany depois da nossa sessão de terapia em grupo.

– Oi, Tiff.

Ela me encarou, furiosa, com os olhos semicerrados. Só então percebi quanto me odiava, a mágoa que tinha de todas as Irmãs. Será que sabia dos nossos encontros secretos? Que se sentisse excluída? Talvez a gente devesse tê-la convidado.

– O que você quer? – rosnou ela.

– Por acaso você tem alguma notícia da Martha? Faz dias que não a vejo.

Por alguns segundos, Tiffany ficou nervosa, mas depois sorriu como um gato que tivesse comido um canário.

– Que foi? – perguntei.

– Não posso dizer.

– Não pode dizer o quê?

– Se eu contasse, estaria dizendo o que não posso dizer.

Precisei me conter para não socar aquela puxa-saco. Cheguei a cerrar os punhos. Mas Tiffany tinha informações privilegiadas, então respirei fundo e perguntei:

– Ela voltou para casa? Está bem?

– Não voltou para casa, mas está bem, tanto quanto outra qualquer desse grupinho de indisciplinadas que vocês formam.

Ela já estava tripudiando.

– Onde foi que a Martha se meteu? Estou muito preocupada com ela.

– Imagino que sim – ironizou ela. – Você e as outras. Mas sinto muito, simplesmente não tenho permissão para contar mais do que já contei.

Tiffany deu meia-volta e se mandou.

O que antes era apenas um mau pressentimento passou a ser um verdadeiro pavor depois dessa conversa. Algo estava muito errado ali. No jantar daquela noite, descobri o que era. Uma Nível-Cinco chamada Pam, com quem eu nunca tinha falado antes, veio se sentar do meu lado.

– Eu nem podia falar nada, mas vou contar assim mesmo.

E ela contou: na última caminhada, embora a temperatura passasse dos 35 graus, o Xerife, como sempre, tinha obrigado as meninas a continuar. Como costumava acontecer, Martha ficou para trás. Segundo Pam, ela reclamara de dor de cabeça, mas o Xerife não lhe dera ouvidos, mandando uma de suas frases feitas: "Menos reclamação e mais ação!" Como Martha continuou reclamando, ele ameaçou rebaixá-la para o Nível Três.

– Além da dor de cabeça, ela disse que os pés formigavam – prosseguiu Pam. – Dava para ver que ela estava falando a verdade. Comecei a ficar preocupada, e daí para a frente a coisa só piorou. Ela ficou meio tonta. Procurei o Xerife na barraca dele, contei o que estava acontecendo, mas ele mandou que eu ficasse na minha, falou que na manhã seguinte a Martha já estaria bem.

– Que novidade. E ela melhorou de manhã?

– Pelo contrário. Parecia desorientada. Mal conseguiu comer aquela mixaria que dão no café. Continuava quente à beça. Quando a caminhada recomeçou, reparei que Martha estava andando ainda mais devagar do que na véspera. Sabia que estava realmente mal, então fiquei do lado dela, rezando para que aquilo acabasse logo e ela fosse levada para a enfermaria. Teve uma hora que começou a resmungar coisas sem sentido, até me chamou de Anita.

– É o nome da irmã dela.

– Fiquei morrendo de medo. Corri para a frente da fila e fui falar com o Xerife de novo. Ele ficou puto, mas voltou comigo lá para trás. A gente encontrou a Martha caída no chão, debaixo de uma árvore. O Xerife achou que ela estivesse dormindo. Berrou para que ela acordasse, que tirasse o a bunda do chão, essas coisas que sempre diz. Mas Martha nem se mexeu.

– Caramba... Mas e aí? Como é que ela está?

– Não sei. Mas tenho certeza de que ainda está no hospital.
– Hospital?

Meu estômago deu um nó. Achei até que fosse vomitar.

– Foi para lá que a levaram. E só porque a gente juntou no Xerife e ficou gritando até ele pegar o rádio e pedir ajuda. Soube que ela continua inconsciente. Sinto muito dar uma notícia assim tão ruim...

Meus olhos imediatamente ficaram marejados.

– Pelo amor de Deus, não vá chorar – disse Pam, mas sem rispidez. – Mandaram a gente ficar de bico fechado e, se descobrirem que contei para você, estou ferrada. Não chore, por favor.

Limpei o nariz e procurei me recompor.

– Não quero causar nenhum problema para você – falei. – Mas eles sabem que, cedo ou tarde, a gente vai acabar descobrindo o que aconteceu com ela, o que fizeram.

– Certamente já sabem o que dizer e fazer para livrar a própria cara. Ou você acha que a Red Rock vai assumir alguma culpa? Não mesmo. Vão botar a culpa na Martha. Sempre culpam a vítima. Esse devia ser o lema da Red Rock.

Naquela noite, não tive a menor dificuldade para permanecer acordada até as duas da manhã. Procurando fazer o mínimo de barulho possível, saí para o corredor. Ao ver que o guarda estava dormindo, corri para o quarto da Bebe.

– Ei – sussurrei, tapando a boca da patricinha.

Sinalizei para que ela viesse comigo e tirei a mão de sua boca.

– Que foi? – perguntou Bebe, baixinho.

– Me encontre lá no nosso escritório. Chame a Cassie, que eu vou chamar a V.

– Mas V sempre fica supervigiada.

– Não importa. *Isto* importa. Dez minutos.

Dois dias antes, eu tinha me esgueirado por aqueles mesmos corredores como se estivesse sendo caçada, mas dessa vez eu me sentia uma leoa: caminhei com passos firmes, me escondendo sempre que passava por uma câmera de vigilância. Peguei a chave mestra que a gente sempre deixava no vaso perto da sala da Dra. Clayton, depois segui para ala de solitárias. Nenhum guarda à vista. Tinha plena consciência do perigo que estava correndo, do risco de ser rebaixada até três níveis e retardar em muitos meses a minha saída da Red Rock. Mas não ligava para mais nada. Se dependesse da vontade do papai, eu poderia ficar mofando ali para sempre. E Martha precisava da gente.

V parecia ter pressentido a minha visita. Quando cheguei, estava acordadíssima no seu catre, aparentemente à minha espera, e se levantou assim que me viu do outro lado da janelinha da porta. Usei a chave mestra para soltá-la, depois seguimos juntas e mudas pelo corredor.

Assim que nos juntamos às outras, contei o que ficara sabendo apenas algumas horas antes, a notícia que a Red Rock tentava desesperadamente abafar.

— Martha está em coma no hospital — falei, e elas ofegaram, horrorizadas.

Contei tudo o que Pam tinha dito no refeitório mais algumas coisas que havia descoberto por conta própria. Mas não disse nada sobre o papai. De repente, isso nem era mais relevante.

— Sabem qual é a explicação que o Xerife está dando para o que aconteceu com a Martha?

— Insolação? Desidratação? Exaustão? — arriscou V.

— Essas seriam as mais óbvias, mas não: ele tem dito por aí que a Martha é anoréxica e que mal estava comendo nas últimas semanas.

— Nunca ouvi tanta mentira.

— Pois é. Mas aquela nojenta da Tiffany resolveu confirmar a história dele, dizendo que já tinha visto a Martha esconder comida na meia em vez de comer. Então o Xerife agora está bradando isso aos quatro ventos. Amanhã vai rolar um boletim oficial durante o café.

— Isso é um absurdo! — disse Cassie, furiosa. — Foram *eles* que a deixaram nesse estado. Essa situação é muito errada.

"Muito errada" era pouco. Aquilo era uma crueldade. Volta e meia eu imaginava a pobre Martha pouco a pouco perdendo as forças durante a caminhada sem ser levada a sério. E isso por quê? Porque ela era uma garota que um dia tinha sido magrinha e depois teve a ousadia de engordar? O que cada uma de nós havia feito para estar ali? Cassie gostava de meninas mais do que achavam que deveria. Bebe gostava de meninos mais do que deveria. V pensava na morte mais do que deveria. E eu? Por que é que estava ali? Porque era mais parecida com a minha mãe do que deveria? Porque assustava meu pai mais do que deveria?

Analisando o que tinha acontecido à Martha e a reação da escola, finalmente tive um estalo. Quem eram os doidos de verdade? Martha ou os pais dela, obcecados pela magreza? Cassie ou seus pais homofóbicos? V ou os pais ricaços, que nem lembravam que tinham uma filha? Bebe ou a mãe que mal parava em casa e só queria saber de cosméticos? Eu ou meu pai, que gostava de se iludir? Quanto mais pensava nessas coisas, mais a chama dentro de mim era atiçada. Odiava aquele manicômio desde o dia em que pus os pés nele, mas nunca soube o que fazer a respeito. Contava com a V para infringir as regras, com a Bebe para ludibriar a Dra. Clayton ou com o Jed para encher minha cabeça de coisas boas. Mas, como um vulcão à beira da erupção, algo agora borbulhava dentro de mim. Não apenas raiva e indignação, mas uma inusitada vontade de agir. Já não aguentava mais estar nas garras daquele bando de pessoas cruéis e sem noção. O mundo estava de cabeça para baixo. Os adultos tinham abandonado seu papel, buscando refúgio num casulo de ignorância para depois dizer que os filhos é que eram desajustados. Não dava mais para confiar neles. Não havia mais ninguém para nos orientar, para cuidar da gente. Então só nos restava uma coisa: cuidar de nós mesmas.

E, para isso, eu precisava mudar. Porque, apesar do que a Dra. Clayton e papai pensavam, apesar do meu cabelo punk e das minhas tatuagens, eu era uma boa moça. Na época em que tinha pais, sempre lhes dava atenção; depois que fiquei sem mãe, sempre ouvia o que papai queria dizer. Sempre agi razoavelmente bem com o Billy. Nunca usei drogas, nunca bebi, nunca roubei, nunca ofendi ninguém.

Sempre fui uma pessoa sincera, capaz de amar os outros, digna de ser amada – nunca a rebeldezinha que o pessoal da Red Rock dizia que eu era. Então eu me dei conta: se eu quisesse mesmo sair daquele lugar e retomar minha vida normal, teria que me tornar *essa* pessoa. Tinha chegado a hora de despertar meu lado rebelde, de ver o circo pegar fogo.

– É tudo tão horrível... – choramingou Bebe. – Tadinha da Martha...

– Eu odeio todos eles – disse V. – Como podem ser assim, tão cruéis? Eles têm a obrigação de ajudar a gente, mas fazem o quê? Em nome da terapia, corroem e pisoteiam a gente.

– Já estamos carecas de saber disso – disse Cassie. – Mas o que dá para fazer além de organizar um motim?

– Chega – falei.

– Desculpe. – Ela levantou as mãos. – Estava pensando em voz alta, só isso.

– Não, não. Não é com você, Cass. Era deles que eu estava falando. Chega dessa terapia de merda. Chega dessa Clayton e desse Xerife decidindo quem é ajustado e quem não é. Chega desses pais iludidos que mandam a gente para um depósito enquanto ignoram os próprios problemas. Agora as regras do jogo mudaram. O que a gente diz, o que a gente faz... é a *gente* que decide, não eles. *Game over*.

– Estou adorando seu papo de justiceira, *darling*. O que você tem em mente? – disse Bebe, olhando para mim com carinho depois de um século, como a antiga Bebe.

– É, qual é o seu plano? – perguntou V.

– Meu plano é o seguinte: o fim da Red Rock. Para todo mundo. Vamos fechar esta espelunca.

22

Dois dias depois, lá estava eu de novo, me esgueirando pelos corredores. Embora já tivesse feito isso um monte de vezes, inclusive usando a chave mestra, todos os meus nervos estavam no nível máximo de alerta. Quase podia sentir as patas do Xerife no meu ombro, mas nem por isso pensava em desistir. Ao chegar ao setor administrativo, abri a primeira porta. Me pus a rastejar para fugir das câmeras de segurança e alcancei o telefone. Peguei-o e coloquei-o no chão. Deitada de costas, com as mãos trêmulas, disquei o número de Ansley e Beth. Eram duas da manhã e eu podia jurar que elas estariam em casa, mas caiu na caixa postal.

– Oi, meninas. Aqui é a Brit, da Red Rock. Desculpe ligar a esta hora, mas... naquele dia vocês disseram que queriam fechar a Red Rock, lembram? Pois bem, queremos a mesma coisa e precisamos da ajuda de vocês. Ligo de novo daqui a alguns dias. Infelizmente, vai ter que ser de madrugada, mas, por favor, atendam.

Desliguei e já ia voltando para o quarto quando, num impulso, liguei para o Jed. Aquela não era a minha noite de sorte: mais uma vez, fui atendida pela caixa postal, mas só de ouvir a voz cavernosa dele fiquei toda arrepiada.

– Jed, aqui é a Brit. Você está aí? Atenda, por favor! Olha, desculpe não ter escrito ultimamente. Não é que eu não esteja pensando em você, porque estou *sempre* pensando em você, e muito em breve vou sair deste lugar e a gente vai poder ficar junto, então aguente firme porque... Jed, você é meu vaga-lume também. – Fiz uma pausa e fiquei ouvindo os estalos da linha telefônica com a sensação de que estava à beira de um penhasco. De repente, criei coragem e me joguei: – Jed, eu amo você – sussurrei. – Eu precisava dizer isso.

 Desliguei e corri de volta para o quarto, ao mesmo tempo tonta e temerosa, com os dois pavios que tinha acabado de acender. Três noites depois, fui de novo ao setor administrativo, rezando para que ninguém me visse. Dessa vez, encontrei Beth e Ansley em casa. Adoraram meu telefonema, mas suas ideias não eram lá as melhores. Aparentemente, tinham visto filmes de ação demais, pois as sugestões eram as mais surreais, como explodir o prédio da escola, cavar um túnel ou torturar uma das conselheiras. Eu já tinha visto *Atração mortal*, *Um sonho de liberdade* e *Clube dos cinco*, mas... não, obrigada. Com toda a paciência do mundo, ouvi as propostas ridículas, agradeci, mas depois falei que a gente precisava de algo mais discreto, algo mais realista, como procurar um advogado de direitos civis, um deputado decente ou um jornalista engajado.

 – Acho difícil, Brit. St. George não é exatamente o centro político de Utah. Isso fica mais para o norte, e por lá o pessoal é bastante conservador, um monte de mórmons – disse Ansley.

 – E o jornal local?

 – Mesma coisa. Um jornal pequenininho, sem importância regional. As manchetes são coisas como a construção de um prédio ou uma tempestade que bateu recorde – explicou Beth.

 – Mas não precisa ser aqui. Quem sabe a gente não escreve ou telefona para outro jornal maior?

 – Espere aí! – exclamou Beth.

 – Que foi? – eu e Ansley perguntamos juntas.

 – Que tal o Skip Henley?

 – Skip quem? – perguntei.

 – Sei não, Beth – duvidou Ansley.

 – De quem vocês estão falando?

 – Skip Henley é um jornalista bastante conhecido – explicou

Beth. – Cobriu o Vietnã. Nixon. Watergate. Já está meio velhinho. Mas foi muito respeitado no auge da carreira. Chegou a ganhar um Pulitzer. Faz uns dez anos que parou de trabalhar. Foi a maior confusão. Ele escreveu uma matéria sobre os contratos do Ministério da Defesa e se recusou a revelar suas fontes. Foi a julgamento e acabou na cadeia por obstrução da justiça ou qualquer coisa parecida.

– Ele pendurou as chuteiras em protesto. Na época, não se falava de outra coisa. De vez em quando, ele ainda dá alguma palestra sobre assuntos internacionais numa faculdade qualquer – disse Ansley –, mas geralmente fica na sua fazenda, criando cavalos.

– Parece perfeito – opinei.

– Ele é meio ranzinza – avisou Ansley.

– Tudo bem. Vocês conseguem o telefone dele?

• • •

Uma semana depois, com as mãos trêmulas, liguei para o número que a Beth havia passado. Era uma da manhã e eu sabia que provavelmente ia acordar o cara, mas antes acordar Skip Henley do que precisar encarar um guarda no corredor. No entanto, pela rispidez com que fui atendida, logo percebi que o jornalista, embora estivesse acordado, não era lá muito afeito a telefonemas tarde da noite.

– Sr. Henley... – balbuciei.

– Quem é você e por que resolveu telefonar a uma hora destas?

– Desculpe, sei que é tarde. Meu nome é Brit Hemphill. Estudo numa escola chamada Red Rock. Escola, não: isto aqui é mais um presídio do que qualquer outra coisa. Não fica longe de onde o senhor está.

– Isso é um trote? Vou desligar.

– Não, não, por favor, não desligue. Esta escola, a Red Rock, é tipo um reformatório para adolescentes. Fazem coisas horríveis aqui, pavorosas. Pensei que o senhor pudesse se interessar em fazer uma reportagem.

– Já me aposentei. Me deixe em paz.

– Sei que o senhor já se aposentou, mas é que... não sei mais o que fazer. Alguém tem que ouvir a gente – falei, já quase chorando.

– Crianças... *Vê se cresce, garota!* – urrou ele, desligando na minha cara.

Voltei rapidinho para o quarto e me joguei na cama para lamber mais aquela ferida. Dane-se Skip Henley. Ninguém ia ouvir a gente. Mas, em meio à autopiedade, ouvi na cabeça a vozinha do Jed. Não havia nada no mundo que eu quisesse mais do que me tornar a estrela do rock que aparentemente ele achava que eu fosse. Foi por isso que, na noite seguinte, liguei de novo.

Dessa vez, o jornalista pelo menos ouviu minha ladainha. Depois, riu.

– Garota, por acaso você sabe quem eu sou?

– Sei, o senhor é famoso por ter escrito um monte de coisas lá em 1970 e tantos, não é?

– Faça o seu dever de casa. Já cobri guerras, revoluções, golpes de Estado. Acha que vou perder meu tempo escrevendo sobre um bando de filhinhas de papai que não gostam da comida da escola?

– Não é bem assim...

Henley riu de novo.

– Talvez um dia eu ainda faça um ensaio sobre a exorbitância dos preços do gloss na sociedade moderna.

Ainda rindo, ele desligou.

• • •

Seria mais difícil do que eu tinha imaginado. Mas ainda estava cedo para jogar a toalha. Convoquei uma reunião com as Irmãs e contei a elas o que vinha fazendo.

– Você é maluca, gata. E é por isso que eu te *a-do-ro*! – exclamou Bebe.

– É... A coisa está ficando séria – disse Cassie.

– Mas não deu certo. O velho riu na minha cara.

– "Não confie em ninguém com mais de 30" – lembrou Cassie. – Estou começando a achar que é verdade.

– Mas ainda acho que esse Henley é a nossa maior esperança – repliquei. – Afinal, quais são as chances de que um figurão do jornalismo investigativo more bem aqui do nosso lado? Se pelo menos a gente conseguisse convencê-lo... fazer com que se interessasse pela nossa causa...

– Então o convença – retrucou V, olhando para mim com aquela mesma mistura de exasperação e solidariedade que usava para falar comigo quando eu ainda estava no Nível Um e teimava em não dizer ao Xerife que estava pronta para encarar meus demônios.

– Como?

– Meu pai tinha um monte de amigos jornalistas importantes – comentou V. – Eles só querem saber de uma boa história. São capazes de farejar uma como um bicho fareja sangue. Basta convencer esse tal de Henley que você tem um furo.

Eu a encarei. Não havia dúvida de que ela queria ajudar, mas lá estava aquela frieza de novo. Ela vinha se comportando assim desde que saíra do Nível Dois, desde que ficara sabendo do meu plano, desde que me passara a chave mestra, dizendo que já era minha vez de carregar aquela tocha. Difícil dizer se V sabia que eu ainda estava meio irritada com ela ou se apenas tinha ciúme de mim porque eu é que liderava o motim. Talvez nem fizesse questão de motim nenhum.

. . .

Outra noite, outra invasão. Agora foi a vez da sala dos computadores, onde as internas do Nível Seis tinham permissão para mandar e-mails. Só os funcionários conheciam a senha de navegação. Ansley e Beth já haviam dito que, no tempo delas, o código era *ajudaadolescente* (nossa, quanta imaginação), mas, àquela altura, provavelmente já a tinham trocado. Por outro lado, em vista do histórico de preguiça da Red Rock, não custava nada tentar. Assim que a caixa de login abriu, digitei AJUDAADOLESCENTE. Achava que o computador ia dar pau ou até mesmo detonar um alarme, mas no fim das contas a janela do navegador apareceu na tela e o modem se conectou à rede.

Passei quase uma hora pesquisando. Primeiro fiz uma busca com o nome de Skip Henley. E quase morri de tanta vergonha. O cara não só tinha feito um monte de reportagens importantes na década de 1970, como depois havia assinado um monte de matérias sobre direitos humanos, os esquadrões de morte da Nicarágua, as Comissões de Verdade e Reconciliação na África do Sul. Era tão famoso no meio jornalístico americano quanto Walter Cronkite e eu tinha sido desrespeitosa com ele. Isso não voltaria a acontecer.

Em seguida, fiz uma busca pela Red Rock. Não obtive muita coisa além do site da própria escola. Então, procurei pela Dra. Clayton e por Bud "Xerife" Austin. De novo, nada. Já estava prestes a desistir quando resolvi digitar "Austin", "ex-xerife" e "reformatório". Uma das primeiras entradas era um artigo da *Billings Gazette*, um dos maiores jornais do estado de Montana:

INTERNATO DE MENINOS É FECHADO
PARA INVESTIGAÇÃO

O tal internato, chamado Piney Creek, tinha sido fechado por causa de um monte de acusações de abuso infantil e violação de direitos humanos. Mesmo depois, as autoridades continuariam investigando a instituição, que se apresentava como um reformatório para adolescentes problemáticos. Havia muito tempo, ex-alunos e ativistas locais denunciavam certas práticas da escola – algemas, jejuns, solitárias –, dizendo que não passavam de punições bizarras e cruéis. "Esses garotos não foram condenados por nenhum crime e, mesmo assim, possuem menos direitos e recebem um tratamento ainda mais severo do que receberiam num presídio real", dizia Sharon Michner, a advogada que processava a escola. Ela representava a família de um menino internado, que havia saído desnutrido e com diversas dermatoses. "É um total absurdo que os órgãos públicos estaduais e federais não imponham nenhum tipo de controle sobre essas instituições, o que dá ensejo aos mais diversos abusos."

O diretor da Piney Creek, Arnold "Bud" Austin, era um ex-xerife da polícia local e havia se recusado a dar entrevistas, mas a escola tinha emitido um comunicado por escrito. "Em vista do agravamento da violência juvenil e dos casos de massacre que lamentavelmente vêm ocorrendo nas escolas deste país, julgamos necessário ampliar nosso arsenal, no sentido de reorientar aqueles indivíduos que, por algum motivo, tomaram o caminho errado. Temos ajudado centenas de jovens até aqui e as alegações contra a Piney Creek são completamente infundadas."

Segundo o chefe de polícia Richard Hall, a escola permaneceria fechada e os alunos seriam mandados de volta para casa ou transferidos para outras instituições.

Nesse mesmo jornal, encontrei outras duas matérias sobre o assunto: a primeira anunciava o fim da investigação e o fechamento definitivo da Piney Creek; a segunda dizia que o processo movido pela advogada Sharon Michner tinha sido resolvido mediante um acordo extrajudicial de valor não divulgado. Então, digitei "Arnold Austin" e "reformatório", e foi aí que encontrei um tesouro. Descobri que o Xerife havia sido diretor de três outras escolas em Idaho, Utah e na Jamaica. As duas primeiras já tinham sido fechadas pelas autoridades.

Como era possível que a Red Rock ainda continuasse aberta? Como o Xerife havia sido desmascarado tantas vezes e ainda estava na ativa? Eu não conhecia as respostas, mas de uma coisa eu sabia: agora tinha nas mãos uma boa história para passar a Skip Henley.

Quando voltei para o quarto naquela noite, encontrei a Missy acordada na cama.

– Onde foi que você se meteu? – ela quis saber, quase me matando de susto.

A única vantagem de ter Missy como colega de quarto era o fato de que seu sono era pesado.

– No banheiro – respondi.

– Por 45 minutos?

– Comi a porcaria daquele sanduíche de salame que serviram no jantar. Um grande erro – menti, passando a mão na barriga, mas Missy me fuzilou com os olhos. – Se não está acreditando, pode ir lá no banheiro. Aposto que o fedor ainda não saiu.

– Não precisa – ela meio que rosnou, depois virou para o lado e voltou a dormir.

Eram tantas as tragédias que eu tinha conseguido evitar naquela última semana que eu já começava a ficar preocupada: cedo ou tarde minha sorte chegaria ao fim.

• • •

No dia seguinte, encontrei as Irmãs na pedreira e contei a elas tudo o que havia descoberto na internet. Pensei que a V seria a mais entusiasmada, mas ela só falou "Belo trabalho", sem muita firmeza.

Por outro lado, Bebe, Cassie e Laurel praticamente se mijaram de felicidade.

– Agora esse Skip vai ter que ouvir você – disse Cassie. – Você conseguiu uma mina de ouro.

– Ótima investigação – completou Laurel.

– "Ótima"? Só isso? – questionou Bebe. – Você foi maravilhosa, e fez tudo na surdina.

– Nem tanto – repliquei. – Quase fui pega pela Missy. Não sei se vai dar para continuar escapulindo do quarto como tenho feito até agora. Não posso ter diarreia toda noite.

– Argh, que nojo. Me poupe dos detalhes sórdidos.

– Provavelmente vou ter que esperar mais de uma semana para voltar a falar com o Henley.

– De repente uma de nós pode ajudar – sugeriu Laurel.

– Por favor, pode ser eu? – suplicou Bebe. – Hilary é tão burra que vai acreditar em qualquer bobagem que eu inventar. Então está decidido: vou me juntar à Missão Impossível e ligar para o nosso amigo jornalista. Quer saber? Vai ser ótimo poder fazer alguma coisa pela Marthinha. Qualquer coisa é melhor do que se lamentar à espera de alguma notícia dela.

– É verdade. Esse silêncio todo está me deixando maluca. Ninguém sabe de nada? – perguntei.

– Tudo continua na mesma – informou V. – Pelo que sei, ela ainda está no hospital.

Por um tempo ninguém disse nada; ficamos apenas pensando na pobre Martha. Mas então Bebe quebrou o silêncio:

– Bom, quem é esse velhote que eu preciso seduzir?

– O nome dele é Skip Henley – respondi. – É um jornalista famoso. E você não precisa seduzir ninguém: basta convencer o cara.

– Vou fazer as duas coisas e ele vai acabar comendo na minha mão. Já fui entrevistada pela Joan Rivers, sabiam? Junto com a minha mãe. Quem passou pelas mãos daquela perua não vai se deixar intimidar por qualquer um.

• • •

No fim das contas, Bebe não seduziu nem muito menos convenceu Skip Henley. Ligou para ele duas noites depois e o cara nem deixou que ela começasse a fazer a denúncia contra a Red Rock.

– Caramba, ele foi um grosso comigo – reclamou Bebe. – Primeiro achei que quisesse ajudar, porque perguntou o nome da escola e do diretor. Eu respondi e ele me ameaçou, dizendo que, se eu telefonasse de novo, ia avisar o pessoal da escola. Depois, começou a fazer um discurso, falando que a nossa geração era um bando de... deixa eu ver se eu lembro exatamente o que ele disse... um bando de "bebezinhos mimados, presunçosos e alienados". Gritou que a gente nunca ia à luta por nada, a não ser pelo jogo mais recente do Xbox. Como se eu perdesse meu tempo com videogames. Ah, tenha dó. – Bebe ficou calada por um tempo, depois se virou para mim. – Sei não, Brit, mas acho que a gente está atirando para o lado errado. O cara não é flor que se cheire. Muito pior do que a Joan.

– Foi uma tentativa corajosa. Pena que não deu certo – comentou V.

Eu jamais poderia ter imaginado que, de nós quatro, justo ela fosse a primeira a desistir.

– Pois é, Brit – concordou Bebe. – Foi bom enquanto durou. Mas isso que você estava querendo era mesmo uma Missão Impossível.

Para mim, foi uma decepção ver a rapidez com que as Irmãs estavam jogando a toalha, mas por outro lado, isso não chegava a ser nenhuma surpresa. Afinal, esse era um dos grandes objetivos da Red Rock: fazer com que as pessoas duvidassem delas mesmas. Era assim que a escola nos quebrava, era isso que ela fazia para submeter as pessoas a seu programa. Mas a minha hora de desistir ainda não havia chegado. Eu precisava falar com alguém que acreditasse em mim. Precisava falar com o Jed.

Só que eu não tinha recebido nenhuma notícia dele desde a noite em que deixara aquele recado idiota na caixa postal. Depois de alguns dias, a empolgação que eu havia sentido por ter confessado meu amor aos poucos foi dando lugar às dúvidas e à insegurança. E se eu tivesse pisado na bola ao abrir o jogo? Não era muito do meu feitio fazer joguinhos com pretendentes; além disso, Jed era um amigo querido, jamais teria me ocorrido usar com ele qualquer tipo de máscara. Eu não me arrependia completamente do que tinha feito, porque valorizo a sinceridade, mas me perguntei como teria sido para ele receber aquele recado desesperado no meio da madrugada. Depois de duas semanas sem notícias, talvez estivesse aí a minha resposta. Eu tinha avançado o sinal e o assustara. Tudo bem, Jed era uma pessoa maravilhosa, mas também era homem, e os homens ficam com um pé atrás quando se trata de namoro. Não ficam?

23

Entramos em junho e eu completei 17 anos, mas não contei a ninguém. Recebi um cartão do papai e fiquei esperando receber outro de Jed, mas depois me dei conta de que ele não sabia qual era o dia do meu aniversário. O calor andava insuportável, passando dos 38 graus. O Xerife até tinha cancelado os passeios de "terapia ambiental". Uma espécie de moleza ou desânimo havia atingido todas as Irmãs. A perseguição tinha relaxado um pouco, mas não o bastante para que pudéssemos nos encontrar e falar à vontade. Nosso grande plano continuava emperrado. Nada tinha muita graça. Havia apenas duas luzes brilhantes no horizonte. A primeira era a formatura de Cassie, marcada para agosto. E a segunda era Martha, que saíra do coma e recebera alta. Ela voltaria para casa.

O melhor de tudo era que, antes de ir embora, passaria com os pais pela Red Rock para recolher suas coisas, assinar a papelada e se despedir de nós. Era um espanto eles terem recebido permissão para voltar à escola. E fiquei chocada quando nos tiraram do almoço – eu, Bebe, V e Cassie – para um evento particular de adeus no estacionamento da escola. Mas o que me deixou sem palavras mesmo foi ver Martha: ela devia ter perdido quase 15 quilos.

Depois de muitos abraços e muito choro, ela riu e disse:

– Dá para acreditar numa coisa dessas? A Red Rock realmente conseguiu o que queria: me deixar magrinha.

– É verdade, gata, mas você está um horror!

– Bebe! – repreendeu V.

Mas, como de costume, Bebe estava apenas dizendo a verdade. Martha tinha duas bolsas escuras sob os olhos, e a pele rosada de antes agora estava mais para amarela. Como se isso não bastasse, havia pelancas nos lugares em que ela mais emagrecera.

– Ah, dá um tempo, né? Eu estava em coma. Tentaram convencer a mamãe de que eu era anoréxica. Mas ela me conhece pelo avesso, sabe do tanto que eu gosto de comer. O que eu tive foi uma insuficiência renal causada pelo grau adiantado de desidratação. Quem podia imaginar que o calor era capaz de causar tanto estrago? – disse Martha, depois sinalizou para que a gente chegasse mais perto. – Mamãe está furiosa com este lugar – sussurrou ela. – Até gritou com o Xerife. Eles se borraram de medo, por isso estão puxando o saco dela e me deixaram vir aqui me despedir.

– Sua mãe não é a única furiosa por aqui – falou Cassie, apontando para mim. – Essa garota está encabeçando uma campanha para fechar este lugar.

– É, só que a coisa meio que desandou – comentei.

Martha me encarou com dois olhinhos brilhantes.

– Não desista, Brit. Não desista nunca. Se alguém pode dar um basta neste inferno, esse alguém é você. Prometa que não vai desistir. Por favor?

– Ok, ok, também não precisa exagerar.

– Desculpe. É que... vocês me deram tanta força nesses últimos meses que... fica difícil deixar vocês para trás.

Martha começou a chorar.

– O que foi, *darling*? – perguntou Bebe.

– Sei lá. Estou meio estranha, nem sei como explicar direito. É como se tudo estivesse revirado dentro de mim. É tão triste me separar de vocês...

– Você não está se separando de nós – interrompi. – Está indo para casa. É muito diferente.

– Exatamente – concordou Cassie. – Qual vai ser a primeira coisa que você vai fazer quando chegar lá?

– Sei lá. Comer, eu acho. Mamãe está doida para que eu engorde uns quilinhos. Não é irônico?

– Ela quer ver você gorda de novo? – perguntou Bebe, incrédula.

– Quer me ver saudável.

– Isso todas nós queremos – comentou V.

– Obrigada. Quer dizer então que está tudo bem entre vocês? Quer dizer... você e a Brit não estão mais boladas uma com a outra?

– Brit e eu estávamos boladas uma com a outra? – perguntou V, arqueando a sobrancelha. – Ou só a Brit é que estava bolada comigo? – Ela cravou em mim um daqueles olhares intensos, capazes de enxergar até a alma da pessoa.

– Caramba. Falei besteira, como sempre. Desculpe. Mas não briguem, ok? Isso me deixa muito triste.

– Está tudo bem, Martha – garanti. – Não se preocupe.

– Quero rever vocês o mais rápido possível. Então saiam logo daqui, certo? Prometo fazer um bolo de sorvete para comemorar – disse ela, sorrindo para mim e para Bebe.

– Com limonada, gata, por favor.

– Com limonada. Também vou pegar um vaga-lume para você, Brit.

– Também não precisa *pegar*. Basta dar um alô por mim.

A conversa foi interrompida quando a mãe de Martha buzinou.

– Acho que preciso ir agora. Vou morrer de saudades.

– Também vamos ficar com saudades – disse V. – Mas a gente ainda vai voltar a se ver, pode ter certeza disso.

– A Brit vai cuidar disso, não vai? – falou Martha.

Só me restou concordar. Demos um último abraço na nossa amiga, depois a observamos se acomodar no carro alugado pelos pais e partir de volta para a vida que tinha antes.

· · ·

Depois da conversa com Martha, foi como se eu tivesse recebido uma injeção de ânimo. Mas logo vi que seria difícil trazer as Irmãs de volta para o meu barco. Bebe nem queria mais ouvir falar de Henley; ela agora só tinha olhos para as cartas que vinha escrevendo para o seu senador. V ainda continuava daquele seu jeito estranho e distante, sem ligar para a coisa toda. Quanto à Cassie, bem, ela vinha cuidando da própria vida, preferindo se concentrar mais em Laurel e na alforria que estava por vir – o que era perfeitamente compreensível. Ela estava tão perto da liberdade... Por que iria colocar tudo em risco? Ela não era a V.

A reação de Henley também tinha me desanimado, mas não o suficiente para me fazer desistir. Eu precisava de uma nova tática, só isso. As Irmãs estavam convencidas de que o jornalista não mudaria de ideia; ainda assim, eu achava que ele era nossa grande esperança. Precisava conversar com alguém que botasse pilha nas minhas ideias, então decidi arriscar mais uma escapulida para falar com o Jed. Já passava das duas da manhã, mas ele atendeu rapidinho.

– Olá – falei.

– Brit?

– Sim, sou eu. Hum... e aí, tudo bem?

Jed suspirou fundo. Eu praticamente podia vê-lo sorrindo e balançando a cabeça, podia imaginar a curva exata daqueles lábios que eu já tinha beijado.

– Agora estou bem melhor. Mas você me deixou bastante preocupado, sabia? Passei duas semanas inteiras em Massachusetts e, quando voltei para casa... encontrei só aquele seu recado na caixa postal e mais nada. Então fiquei pensando que você tivesse ficado bolada comigo ou se encrencado. Você se meteu em algum problema?

– Este lugar é o problema.

– Pode me dizer agora o que rola por aí?

Então desabafei. Contei a história toda, mas rapidinho, porque não havia muito tempo. Disse o que tinha acontecido comigo depois do nosso encontro em St. George. Falei sobre o que haviam feito com a Martha. Sobre tudo aquilo que eu tinha descoberto por conta própria na internet. E, por fim, sobre o que tinha tentado em vão.

– Sei lá, Jed. Esse tal Henley, o cara é um boçal, mas é fera. Imagino que, se eu conseguir mostrar para ele os absurdos que rolam por aqui, convencê-lo...

– Faça isso – interrompeu Jed.

– Ahn?

– Não desista. Faça o que for preciso para fechar esse lugar. Vou ajudar no que puder. Mas acho que você não vai precisar da ajuda de ninguém, Brit. Basta você querer.

– Acha mesmo?

– Tenho certeza. Além disso...

– O quê?

– Preciso que você saia logo daí – disse ele, suavizando a voz. – Quero de volta a minha Brit de antes. Faz anos que venho tendo fantasias.

– Anos? Não seriam meses? Foi em março que a gente... ficou.

– São anos mesmo.

– Ah – foi só o que consegui dizer antes que a ficha caísse e eu ficasse ali que nem uma pateta, sorrindo, com o telefone na mão.

– Acha que vai conseguir me ligar mais vezes?

– Não sei. É bem provável que eles usem uma lupa para identificar os interurbanos na conta do telefone.

– Então ligue a cobrar. E saia logo daí. A Clod precisa de você. Sério. Se você não voltar logo, vou acabar virando um idiota completo. Você vai entender quando ouvir as coisas que ando escrevendo. Só baladas.

– Ui. Não sei como o Erik e a Denise ainda não providenciaram uma intervenção. – Fiquei calada por alguns segundos, depois respirei fundo e disse: – Estou com saudade.

– Eu também. E sabe o que mais?

– O quê?

– Eu também amo você.
Ok, talvez ele não fosse do tipo que fica com um pé atrás.

• • •

As Irmãs e eu voltamos a nos encontrar dali a alguns dias, e eu contei a elas tudo o que se passava na minha cabeça. Falei que queria fazer mais uma tentativa com Skip Henley e, se possível, apresentar a história completa para ele. O cara nem sabia sobre o passado do Xerife e o mais provável era que houvesse muito mais podridão naquela cova. Mas caberia a nós desenterrá-la. Afinal, quem conhecia a Red Rock melhor do que a gente? Com os truques que já dominávamos, ninguém melhor do que nós para surrupiar arquivos, xeretar salas e catalogar os diagnósticos de todas as internas. Depois, quando já tivéssemos provas de sobra, entregaríamos tudo para o jornalista. E dessa vez ele acreditaria. Teria que acreditar.

– Não entendo por que você ainda insiste nesse velhote – disse Bebe. – O cara é um grosseirão.

– É só um pressentimento. Quer dizer, se você olhar o currículo dele... Henley já fez um monte de coisas para denunciar todo tipo de injustiça. Por baixo de tanta rabugice provavelmente bate um coração grande, ou pelo menos batia.

Expus todas as providências que a gente precisaria tomar. Como estava às vésperas da libertação, Cassie teria que ficar com a menos arriscada de todas. Faria um levantamento informal, procurando descobrir o que estava por trás da internação de todas as meninas da escola: quantas eram as de comportamento sexual desviante, as cleptomaníacas, as viciadas, as nenhuma-das-opções-acima. E, sobretudo, quantas eram medicadas.

– Todo cuidado é pouco, Cassie. Não vá fazer nenhuma besteira.

– Deixe comigo, Brit.

Pedi à Bebe que fuçasse os prontuários médicos e tentasse descobrir quantas internas tinham sofrido "acidentes" parecidos com o da Martha ou adoecido sob os cuidados da Red Rock. Precisávamos de uma lista de casos que fedessem à negligência típica do manicômio.

À V, passei o que na minha opinião era a segunda tarefa mais difícil: levantar a ficha de todos os membros da equipe e descobrir quantos nem tinham as qualificações necessárias para liderar terapias e receitar remédios. Ela revirou os olhos.

– Isso eu consigo em cinco segundos. Não tem mais nada que eu possa fazer?

– Tem. Essa parada do seguro. Se a gente puder provar que a Red Rock "cura" as internas assim que o seguro delas deixa de cobrir os custos e os pais não têm grana para continuar pagando, isso fortaleceria bastante a nossa causa.

– Fechado. E você, vai fazer o quê?

– Vou entrar na sala da Clayton, pegar nossos arquivos e comparar as anotações. Ver se ela e os outros estão inventando coisas. Também vou entrar na internet, ou pedir para o Jed entrar, e tentar encontrar ex-internas que possam contar suas histórias de horror. Aposto que tem um monte delas por aí, dispostas a abrir o bico sobre este lugar.

– É meio perigoso, não? – questionou Cassie.

– Também acho, gata – concordou Bebe. – Você sabe que eu me amarro nessa coisa toda de Missão Impossível, mas como é que a gente vai ter acesso a todas essas informações? Você fala como se a gente pudesse zanzar por onde quiser, a qualquer hora.

Àquela altura, eu já começava a perceber que podíamos fazer exatamente isso. Não queria colocar as meninas em nenhuma roubada, sobretudo a Cassie, mas depois de tantas escapulidas noturnas, eu já estava bem mais confiante. A Red Rock deixava as internas tão amedrontadas, tão convencidas de que sempre havia alguém à espreita, que acabávamos nos comportando – na maior parte do tempo. Mas a verdade era que esse Big Brother existia basicamente dentro da nossa cabeça. A Red Rock dispunha de um sistema de segurança bem meia-boca e de um único dorminhoco para fazer a guarda noturna. Fazia quase um ano que as Irmãs fugiam do quarto para se encontrar de madrugada, e ninguém sabia de nada. Haviam descoberto minha fuga para St. George, mas não porque algum funcionário diligente tivesse sido mais esperto do que eu, mas porque alguém de fora reconhecera o uniforme da escola e avisara o Xerife. Eu começava a reparar que o maior empecilho na Red Rock não eram as portas trancadas nem os alarmes, mas o nosso próprio medo. E apenas nós mesmas podíamos dar um jeito nisso. Tentei explicar isso às meninas, mas não sem um medinho de que elas se metessem em apuros justamente por causa dessa minha teoria. Cassie e Bebe não pareciam lá muito convencidas, e foi V quem interveio para me salvar:

– Meus parabéns, Brit. Você descobriu o grande segredo deste lugar.

Apesar da tristeza nos olhos dela, percebi que tinha falado com sinceridade, que estava mesmo orgulhosa de mim.

– Descobri, é?

– Sim, descobriu. Lembrando o que disse Roosevelt, nosso bom e velho ex-presidente: "A única coisa que devemos temer é o próprio medo."

Bebe encheu os pulmões, depois exclamou:

– Ah, aos diabos com a cautela! Vou me infiltrar naquela enfermaria nem que precise quebrar uma perna.

– Também estou dentro – anunciou Cassie. – E vou convocar a Laurel para ser minha parceira. Ela trabalha na secretaria, pode tirar umas xerox se a gente precisar.

– Pensei que a Laurel *já fosse* a sua parceira – ironizou Bebe.

Vermelha de vergonha, a texana se virou para mim.

– Está vendo, Brit? Você olhou para trás e encontrou a nossa mão.

– Só falta você, V – falei.

Ela olhou para mim, depois tirou a máscara da seriedade para abrir um sorriso triste.

– Claro que estou dentro. Pode ter certeza disso.

– Mas e aí, querida? – perguntou Bebe. – O que acontece depois que a gente tiver desenterrado toda a podridão?

Eu não tinha a menor ideia. Mas teria assim que a gente chegasse lá, pensei com meus botões. Quer dizer: se é que isso ia acontecer.

24

Foram duas semanas de muito trabalho e agitação para as quatro Irmãs. A gente mal se via ou falava, a não ser quando precisava contar o que tinha descoberto e esconder o material num buraco que a Cassie tinha cavado nos confins da pedreira. A galera estava superanimada, eufórica, talvez não tanto desde a época, meses antes, em que Bebe havia acenado com a possibilidade de um dia inteiro num spa. A grande diferença era que agora ninguém poderia retirar essa empolgação, pois a gente era a responsável por ela. A menos, claro, que alguém descobrisse tudo.

Mas isso ainda não tinha acontecido, nem quando começamos a ficar mais abusadas. Sem dúvida Bebe havia herdado algum talento da mãe, pois não teve a menor dificuldade para encenar um caso grave de gastroenterite, chegando ao ponto de vomitar de verdade.

– Bastou pensar numa viagem que a gente fez para o México e meu irmão vomitou em cima de mim. Quando me lembro disso, começo a ficar com ânsias na mesma hora – explicou ela. – Mamãe certamente chamaria isso de "método Stanislawski".

Ela teve três noites de total privacidade na enfermaria, onde ninguém se dava o trabalho de trancar os escaninhos. Tão saudável quanto antes, Bebe saiu de lá com um monte de informações importantes debaixo do braço: além de Martha Wallace, havia Gretchen Campbell, Natalie Wiseman e Hope Ellis. Todas tinham sofrido algum tipo de acidente suspeito. Gretchen havia quebrado uma perna, Natalie tinha passado por uma crise de escorbuto e "alguém" (o prontuário não citava o nome) quebrara o nariz de Hope. Não podíamos afirmar que essas coisas estavam relacionadas com a negligência da Red Rock, já que Helga – a enfermeira bisonha que apalpara todos os meus buracos na minha chegada – não era burra a ponto de anotar no prontuário algo como: "interna quebrou o nariz após briga com um conselheiro". No entanto, na opinião de Bebe, em muitos casos era possível ler nas entrelinhas o que de fato tinha acontecido. Como o escorbuto. Estava na cara que se tratava de um caso de deficiência de vitaminas decorrente da total ausência de nutrientes na comida horrível servida pela Red Rock. Insolação? Não era difícil imaginar garotas como a Martha sendo forçadas a trabalhar na pedreira ou fazer aquelas caminhadas intermináveis debaixo de um sol senegalês.

Daquele jeito misterioso dela, V tinha levantado a folha corrida de quase todo mundo na equipe da escola. Nenhum dos conselheiros tinha pós-graduação no que quer que fosse. Dois deles nem haviam passado pela faculdade. Um dos guardas brutamontes era um ex-lutador profissional e outro supostamente havia perdido a carteira de motorista por dirigir bêbado.

– Como você descobriu tudo isso? – perguntei. – Andou hipnotizando as pessoas por aí?

– Apenas pergunto o que quero, Brit. As pessoas adoram falar de si mesmas, basta incentivá-las. E também adoram falar da vida dos outros.

– É mesmo? Eu já estava achando que você fosse uma feiticeira.

– Bobagem. Tudo não passa de um truque de fumaça e espelhos. O sistema de segurança da Red Rock, por exemplo. Basta você entrar num lugar como se tivesse todo o direito de estar ali para que as pessoas a tratem como se você realmente tivesse todo o direito de estar ali. Você age como se tivesse o direito de saber alguma coisa, e a pessoa logo conta o que você quer saber.

Fiquei pensando nisso. Agir como se a gente tivesse o direito de estar naquele lugar. Era de algum truque assim que eu andava precisando para criar coragem e invadir o consultório da Dra. Clayton.

Roubar nossos arquivos era a grande missão que eu tinha estabelecido para mim mesma, mas ainda não fizera nada a respeito. Não havia câmeras de segurança na sala da bruxa. Além disso, o escaninho dela nunca ficava trancado, apenas a porta da sala, e eu tinha a chave mestra. Mas a minha impressão era a de que aquelas paredes tinham olhos e saberiam de qualquer coisa que acontecesse ali, mesmo no escuro, assim como a Dra. Clayton parecia saber de tudo o que rolava lá nos cafundós da minha cabeça. Que outro motivo teria ela para ficar me alfinetando com o assunto da mamãe, querendo que eu aceitasse a possibilidade de ficar igualzinha a ela, de que as características que eu tinha herdado dela não passavam de placas sinalizadoras na estrada da loucura? Uma parte de mim dizia que eu devia assumir tudo isso logo de uma vez, caso contrário ficaria empacada no Nível Quatro para sempre. Mas também havia a possibilidade de que a teoria da bruxa não fosse de todo descabida, por isso eu tinha tanta dificuldade para fingir que concordava com ela. Meu grande medo era que, fazendo isso, aquilo se concretizasse irremediavelmente.

Assim, deixei de lado a invasão do consultório por um tempo e comecei a ajudar Cassie e Jed na localização das ex-internas. Coloquei Jed no comando da pesquisa de blogs, diários eletrônicos e outros veículos em que essas pessoas pudessem ter feito suas denúncias contra a Red Rock. Ele começou a trabalhar imediatamente, feliz por poder contribuir de alguma forma. Não demorou para encontrar um monte de coisas e enviar os links para uma conta secreta de e-mail que a gente havia criado. Eu a verificava sempre que possível, mas, de nós quatro, a Cassie estava mais bem-posicionada, pois tinha aulas de informática. Era bem arriscado fazer isso na frente dos conselheiros, mas ela não se deixava intimidar. E vinha encontrando uma surpreendente facilidade na sua pesquisa informal. Até mesmo as internas mais caladas se abriam com ela, inclusive as garotas da Síndrome de Estocolmo que, de modo geral, torciam o nariz para hereges como nós. Talvez porque soubessem que Cassie já estava de saída ou talvez porque, àquela altura, já soubessem também que era incapaz de matar uma mosca, quanto mais dar com a língua nos dentes.

Permiti que Cassie seguisse no comando do computador até o dia em que ela quase foi pega. Estava na aula, imprimindo um e-mail enviado por Jed, quando subitamente um dos conselheiros se materializou às suas costas.

– Nessa hora pensei que tivesse me ferrado – contou ela numa das nossas reuniões madrugada afora.

– E o que você fez? – perguntou Bebe.

– Imediatamente puxei o cabo de força do computador, desliguei o troço todo, depois fiquei rezando. Era só isso que eu podia fazer. Outro conselheiro menos burro teria examinado a memória cache, mas esse pessoal daqui late muito mais do que morde. Mesmo assim, fiquei morrendo de medo que eles vissem as folhas já impressas. Podem acreditar: foram os 45 minutos mais longos de toda a minha vida.

– Por sorte não pegaram você, Cassie – comentei. – Mas a sua carreira de detetive vai ficar por aqui. Do lado de fora você é muito mais útil pra gente.

– É, tem razão. Seria uma burrice colocar tudo a perder justo agora que falta tão pouco.

– Uma grande burrice – repeti, e olhei de relance para V.

Depois disso, assumi pessoalmente a nossa correspondência por e-mail. Por intermédio do Jed, descobrimos um homem que tinha processado a Piney Creek. O cara nos mandou um e-mail dizendo que teria o maior prazer em contar todas as histórias de horror relacionadas ao Xerife, como a vez em que passara um dia inteiro amarrado a uma cadeira e abandonado ao sol. Também recebi uma mensagem de uma garota chamada Andrea, que em tese havia sido mandada para a Red Rock porque bebia. Segundo ela, o real motivo da sua internação fora bem outro: na época, seus pais estavam se divorciando e brigando entre si pela guarda da filha única, e a mãe tivera a bela ideia de trancafiá-la naquela escola para afastá-la do ex-

-marido. No fim das contas, o pai precisara contratar um advogado para tirá-la de lá. "Eu e meu pai temos um monte de coisas horríveis para contar sobre a Red Rock e será um grande prazer conversar com vocês ou com qualquer outra pessoa que se dispuser a ouvir. Odeio esse lugar com todas as forças", escreveu ela.

Imprimi todos os e-mails e, assim que pude, levei-os para o nosso esconderijo na pedreira, guardando-os com as outras mensagens que a Cassie havia conseguido, os resultados da pesquisa informal, os prontuários roubados pela Bebe e as anotações da V sobre a incompetência da equipe. Ao fim de duas semanas, já tínhamos um boa pilha de papéis.

– Mas ainda está faltando um material importante no nosso dossiê – observou V. – Brit, quando é que você pretende pegar os nossos arquivos?

– Hoje à noite.

– Ontem você disse a mesma coisa.

– Eu sei. Mas a Missy estava com o sono leve. Achei arriscado demais.

– Quer que eu pegue para você?

– Não, V. Pode deixar que eu me viro sozinha.

– Então não enrole. Foi você mesma que nos incentivou a fazer tudo isso. Não vá dar para trás justo agora, né?

– Amanhã de manhã os arquivos estarão comigo.

• • •

Também não foi dessa vez. Deitada na cama, fiquei cantarolando músicas do The Clash ao mesmo tempo que procurava me convencer de que era Missy que não me deixava sair. Assim como na noite anterior, ela estava inquieta. Seria uma pena ser pega àquela altura do campeonato. Missy *realmente* estava um pouco inquieta, já tinha ido ao banheiro algumas vezes, mas eu poderia ter saído se quisesse ou se tivesse coragem.

Na manhã seguinte, Bebe se aproximou da minha mesa no refeitório, deixou cair um bilhete na minha bandeja e foi embora.

> *Pegaram a V na sala da Clayton ontem à noite. Missy falou pro Xerife q vc anda bisbilhotando por aí e agora estão dando uma geral na Red Rock. Rebaixaram a V de novo pro Nível Um. Estão ameaçando fazer uma queixa contra ela na polícia! Encontrei a V rapidinho no banheiro. Ela falou q já tinha escondido a chave no sapato qdo foi interrogada, dps colocou ela de novo no vaso. Pediu desculpas pra vc. E agora? Estamos ferradas?*

Era a segunda vez que a V assumia a culpa por mim. De novo fiquei bolada. Agora não com a V, mas comigo mesma. Já havia permitido que ela pagasse o pato naquela história da fuga, depois não tivera coragem para levar a cabo minha grande missão. V não pensava duas vezes antes de agir. Ela se jogava de cabeça, então sofria as consequências.

Ali mesmo no refeitório, tomei uma decisão: entraria no consultório da Dra. Clayton, não naquela noite, quando todo mundo estaria de olho, mas durante o dia. Entraria porque tinha todo o direito de estar ali e porque as paredes não viam nem ouviam porcaria nenhuma, eram de tijolo e gesso. Finalmente pegaria os nossos arquivos. Faria cópias durante o jantar e colocaria tudo de volta ainda antes de escurecer. Em breve eles trocariam a fechadura da porta, trancariam os arquivos ou fariam qualquer outra coisa para evitar mais uma invasão. Essa seria minha única oportunidade e eu precisava aproveitá-la antes que aparecesse alguém para acabar com ela.

A médica atendia na parte da manhã, saía para almoçar e voltava no meio da tarde para continuar o serviço. Era só eu dar uma fugida da pedreira, entrar na sala dela, esconder os arquivos em algum lugar para que a Laurel xerocasse e depois guardar o material sem ninguém perceber nada. Seria uma missão secreta no lado inimigo em plena luz do dia, sem camuflagem ou reforço. Mas eu precisava enfrentá-la.

Estremeci assim que ouvi a porta se fechar às minhas costas. Embora o resto da escola já tivesse perdido boa parte do seu poder de intimidação, o consultório da Dra. Clayton ainda era envolvido por um clima sombrio. Eu me sentia observada por ela, mesmo sabendo que o carro da bruxa não estava mais no estacionamento. Odiava aquela sala mais do que qualquer outra na Red Rock. Era como uma caverna na qual se escondiam os meus medos mais profundos. Respirei fundo e andei até o arquivo. Ele estava destrancado.

Fui tomada por uma estranha calma enquanto passava pelas pastas e ia pegando as que interessavam: WALLACE, JONES, LARSON, HOWARTH e, por fim, HEMPHILL. Sabia que precisava agir com rapidez, entrar num pé e sair no outro, mas não resisti ao ver meu próprio arquivo. A médica tinha uma letra suficientemente legível para que eu pudesse registrar palavras e expressões como "negação", "idealização de características iconoclastas", "narcisismo", "em comum com a mãe" e "esquizofrenia paranoide" enquanto corria os olhos pela papelada. A pasta também continha um maço de cópias das cartas que papai, vovó e Jed haviam mandado. Mas uma delas eu ainda não tinha visto. Não era uma cópia, mas o original, escrito à mão no que parecia ser o papel pardo de uma sacola de supermercado, com uma letra que eu conhecia perfeitamente. Larguei as outras pastas e me joguei no chão para ler:

Minha querida, eternamente adorada e adorável Brit,
Em algumas manhãs, eu acordo e é como se tivesse esquecido todos os anos que já ficaram para trás. Vejo você tão claramente... De pijaminha no jardim, arrastando meus lenços pelo gramado, molhando os pezinhos no orvalho... Uma mancha brilhante, só luz, cor e alegria. Fico observando você da cozinha, preparando nosso café e me perguntando: como consegui botar no mundo uma coisinha dessas? Será que saiu mesmo de dentro de mim? Uns dizem que assim é a vida. Outros dizem que é um milagre. Pois eu falo que essa é a minha maior e melhor contribuição para o mundo: você.

Fico tão preocupada com todas essas coisas que aconteceram... É uma grande lástima que a vida nos tenha separado. Chega a ser uma bênção que, na maior parte do tempo, eu nem tenha consciência da situação. No entanto, de vez em quando há um dia como este, em que os demônios dão uma trégua e, por um instante, eu me vejo livre deles. É como no nosso inverno de Portland: de uma hora para outra o cinza vai embora para dar lugar ao mais azul de todos os céus e dá até para ver as montanhas com clareza. Hoje é um desses dias.

Não vai durar muito. Do mesmo modo que as nuvens sempre retornam a Portland, as minhas nuvens sempre retornam para me chamar de volta. Portanto, escrevo isto como uma espécie de testamento para você: um registro de que estive aqui, de que um dia fui sua mãe, de que sempre serei.

Quando terminei de ler, as lágrimas borravam minha visão e já haviam ensopado a carta. Não conseguia enxergar nada, ouvir nada, nem me mexer. Mas, de repente, senti algo como uma força invisível, que me ajudou a ficar de pé e sair daquela caverna em que habitavam meus maiores medos.

E foi essa mesma força que me amparou durante todo o resto daquele dia. Não há outra explicação para eu ter conseguido esconder as pastas sob o colchão da minha cama, voltar à pedreira, pedir a Laurel que fizesse as cópias, fingir que nada tinha acontecido, pegar os originais mais tarde e devolvê-los ao arquivo da bruxa logo depois do jantar. Sobretudo naquele dia em que todos estavam mais atentos e ariscos do que nunca por causa da invasão da V. Era como se alguém estivesse me levando pelas mãos. Demorei um tempo para perceber que esse alguém era, na realidade, uma versão mais fortalecida de mim mesma, até então desconhecida.

Não era minha intenção ler os arquivos de nenhuma das outras. O plano era distribuí-los para suas respectivas donas e deixar que cada uma fizesse as próprias anotações ao identificar alguma mentira cabeluda nos anais da Red Rock. Além disso, o que eu mais queria naquele momento era que a Missy dormisse logo para que eu pudesse reler a carta da mamãe. O mais provável era que a vovó a tivesse encontrado entre as coisas dela e encaminhado para mim assim que possível. Mas por que a bruxa a tinha segurado? Para me poupar de alguma coisa? Para me punir?

 Assim que Missy começou a ressonar, abri uma fresta na porta do quarto e usei a pouca claridade que vinha de fora para examinar meu dossiê. No topo da pilha estavam os papéis da V, e uma das primeiras informações a seu respeito era a data de nascimento. Ela era uma aquariana nascida em fevereiro. Num primeiro impulso, deixei de lado os papéis dela e já estava pegando os meus quando percebi. Examinei novamente o ano de nascimento, depois fiz as contas. Fazia meses que V tinha completado 18 anos, logo podia ter se mandado havia muito tempo. Não sei por quê, mas, ao descobrir a verdade, chorei quase tanto quanto ao ler a carta da minha mãe.

25

– Quero falar com a Virginia.

Era a manhã seguinte e, depois do café, em vez de ir para a aula, fui até a ala das solitárias. Num passado que agora me parecia muito remoto, eu teria ficado aterrorizada só de pensar em voltar lá, mas, ironicamente, eram as palavras da própria V que agora me davam força e coragem:. "Basta você entrar num lugar como se tivesse todo o direito de estar ali para que as pessoas a tratem como se você realmente tivesse todo o direito de estar ali. Você age como se tivesse o direito de saber alguma coisa, e a pessoa logo conta o que você quer saber."

– Você não pode entrar aí. Ela está no Nível Um – replicou a Nível-Seis chatinha que montava guarda na porta.

– Não estou pedindo sua permissão.

– Vou denunciar você.

– Faça o que tiver que fazer – retruquei, já entrando na cela.

V estava de pijama, sentada na cabeceira da cama estreita com os joelhos pressionados contra o peito. Ela sinalizou para que eu sentasse na outra ponta.

– Eu devia parar com essa mania de fazer favores para você – disse ela com um sorrisinho apagado.

– Pois é. Deu merda outra vez, né?

– Desculpe. A culpa foi minha. Pensei que todo mundo já tivesse ido, mas o Xerife estava lá, esperando por mim.

– Missy falou para ele que eu andava xeretando por aí. Apesar disso, consegui pegar os arquivos.

– Jura? Como?

– Não importa. Estão comigo.

– Infelizmente não vou poder olhar o meu – falou V, depois me encarou, desconfiada. – Mas... você já deve ter lido.

– Não, não li. Não seria correto. Mas acidentalmente vi uma coisa.

V deixou-se cair contra a parede e soltou um longo suspiro, como um balão que se esvazia.

– Você já fez 18. Por que ainda está aqui?

– Foi isso que você viu? Minha data de nascimento?

– Foi, por quê? O que mais tem naquele arquivo? Algo que explique por que você ainda está aqui? Logo você, que tanto odeia este lugar?

V deu de ombros e se espremeu ainda mais contra a parede. Era uma menina muito alta, mas de repente ficou pequenininha, frágil, murcha. Estendi a mão para o seu braço e ela ergueu uns olhos amedrontados para mim.

– Se abra comigo, V.

Ela beliscou a ponte do nariz e respirou fundo mais uma vez antes de responder:

– Menti para você. Aliás, menti para todo mundo. Meu pai não é diplomata da ONU. Quer dizer, não mais. Ele morreu.

V começou a chorar. Espantada, não sabia nem o que falar.

– Sinto muito...

Ela se empertigou, endireitou a camisa, enxugou os olhos.

– Papai *trabalhava* para a ONU. A gente vivia se mudando, muitas vezes para lugares bem sinistros, tipo Gana e Sri Lanka. O último posto dele foi em Bagdá, mas dessa vez mamãe e eu não pudemos ir junto. Era perigoso demais.

– Caramba... Seu pai foi morto no Iraque?

V me fitou com os olhos marejados e soltou um riso amargo.

– Não. Isso até seria mais fácil de aceitar. Eu e mamãe até já estávamos mais ou menos preparadas para isso. Volta e meia morria alguém por lá. Mas não. Papai permaneceu ileso até a ONU abreviar a missão dele. Voltou para casa, e foi ótimo. Mas, duas semanas depois, os dois foram de carro para Connecticut, onde moram meus avós. Na viagem de volta, foram pegos em cheio por um motorista bêbado. Mamãe não sofreu um único arranhão, mas ele morreu com o impacto. Dá para acreditar numa coisa dessas?

Eu estava entorpecida. Então, tomei a mão dela e fiquei repetindo:
– Sinto muito, V... Sinto muito, V...

As palavras agora saíam aos tropeços da sua boca:
– Depois disso, eu meio que perdi um parafuso da cabeça. Com a mamãe foi a mesma coisa. Muito mais difícil do que a gente podia imaginar. Eu morria de saudades dele e, durante um tempão, acordava de manhã achando que ele ainda estava vivo. Todo dia era como se eu perdesse o papai de novo. Todo santo dia. Mas você sabe como é, não sabe?

Logo me vieram à cabeça a imagem da mamãe e aquele pensamento que secretamente eu acalentava toda manhã, de que eu ia encontrá-la na cozinha, preparando nosso café.
– É, eu sei.
– Pouco a pouco, o meu mundo foi desmoronando e, de repente, achei que não ia conseguir continuar de pé. Morria de medo de sair na rua. Morria de medo de ser atropelada por um carro, mordida por um cachorro, eletrocutada por um cabo de luz. Coisas totalmente irracionais. A situação chegou a um ponto em que eu nem saía mais do apartamento. Imaginava uma tragédia em todo canto, até nos mais impensáveis. Não havia mais nenhuma dúvida de que eu estava precisando de algum tipo de ajuda. E aí é que vem o mais bizarro de tudo, Brit. Fui *eu* que decidi vir para a Red Rock. *Eu* é que escolhi este lugar.
– Por quê? Por que logo *aqui*?
– Porque aqui me pareceu um lugar seguro. Aliás, é assim até hoje. A Red Rock me dá uma sensação de segurança. A gente aqui, neste fim de mundo... Sempre tem alguém para tomar conta, para...
– Para *espionar*, você quer dizer. Esta escola é um horror, V. Você odeia tudo isto. Mais do que qualquer uma de nós.

V soltou uma risada estrangulada

– Pois é. Odeio mesmo. E isso é o mais bizarro de tudo. Odeio o que eles fazem com meninas inteligentes e despachadas que nem você. Mas para mim... para mim é tudo muito confortável. Sei exatamente o que odiar, o que temer e o que esperar, entende?

– Também sabe o que fazer para não sair daqui.

– É... Todos esses rebaixamentos não passam de um artifício, embora o Xerife e a Clayton sejam tão duros comigo quanto com qualquer outra interna. Quanto à mamãe... por ela eu posso continuar aqui enquanto quiser. Morre de medo de me perder. – V parou um instante para enxugar as lágrimas; o riso cáustico foi morrendo até se tornar uma risadinha nervosa. De repente, ergueu a cabeça e fincou em mim aqueles olhos penetrantes. – Você viu seu arquivo?

Fiz que sim.

– Tinha muita mentira nele?

– Uma carta da mamãe que nunca me mostraram.

– Não mostraram por quê? Porque não tinha pé nem cabeça?

– Não. Isso é o mais estranho. Mamãe estava completamente lúcida quando escreveu a carta. Tinha plena consciência do estado dela. Pelo menos naquele momento – falei, e balancei a cabeça.

– Que foi? – quis saber a V.

– É que a gente acha que a loucura e a sanidade ficam em lados opostos de um oceano, mas na verdade não passam de duas ilhas vizinhas.

Ainda me encarando, V indagou:

– Então é esse o seu grande medo? A possibilidade de que Brit Hemphill esteja vivendo mais perto do que deveria da ilha dos malucos?

– Muita gente acha que eu já estou nela.

– Tipo quem?

– Clayton. Papai. Não contei nada para ninguém, mas papai veio me visitar nessa última primavera. Ele não chegou a confessar, mas estava escrito na testa dele.

– Esqueça o seu pai. O que *você* acha?

Contraí os ombros num reflexo de defesa, mas conscientemente procurei relaxá-los. V tinha conseguido se abrir comigo; agora era minha vez. Eu devia isso a ela. A nós duas. Com um fiapo de voz, falei:

– Eu tenho medo...

– Medo do quê?

– De acabar como ela, de que seja esse o meu destino.

– E o que faz você pensar assim?

– Sou muito parecida com a minha mãe. Nos traços. No modo de falar. No jeito de agir, pelo menos de quando ela era mais jovem.

– Mas sua mãe não era a pessoa mais bacana do mundo, que todos adoravam?

– Era.

– Então você devia ficar feliz por se parecer com ela.

– Não se o fim do caminho for a loucura – repliquei.

Pronto. Agora tudo estava dito, e com todas as letras. Tudinho. V não pegou minha mão, não me abraçou nem ficou repetindo palavras de consolo. Ainda me observando com os olhos brilhantes e sábios, disse:

– Cinderela, você era a última pessoa de quem eu esperava uma coisa dessas. Não existem madrastas malvadas, não existem fadas madrinhas, não existem príncipes encantados. Não existe um destino predeterminado. É *você* que manda no destino. É você que decide o que faz.

– Mas... e se eu tiver, tipo... essa doença dentro de mim?

– Se tiver, então você tem e pronto, acabou. Um dia ela vai dar as caras. Mas até lá é *você* que decide como vai levar sua vida: ou você continua se escondendo ou segue em frente.

Agora fui eu que a encarei. Àquela altura, ela já tinha endireitado o corpo novamente, apagando por completo os traços de menininha frágil e assustada de antes. Voltara a ser minha amiga casca-grossa, a irmã mais velha que sempre tinha um conselho inteligente para dar.

Mais uma vez, estava coberta de razão. Mais até do que ela própria imaginava.
– Talvez esteja na hora de você ouvir o seu próprio conselho – falei.
Ela ergueu o rosto e sustentou meu olhar.
– Pode ser.

26

Se Bebe e Cassie viam como uma grande tolice o que eu estava prestes a fazer, Ansley e Beth iam além: para elas, meu plano era uma consumada loucura. Quando liguei para contar o que tinha em mente, recebi como resposta um sonoro "não". Insisti, dizendo que aquele era o único caminho.

Não tive oportunidade de contar nada a V, mas acho que ela teria aprovado. Afinal, eram as palavras dela que agora me faziam avançar.

Para fugir, recorri ao plano que havia usado em março. Ansley e Beth já estavam à minha espera, mas, em vez de entusiasmo, demonstravam nervosismo.

– Tem certeza de que é uma boa ideia? – perguntou Ansley. – Sua ficha na escola não está exatamente limpa.

– A gente podia levar sozinha essa papelada – sugeriu Beth.

– Não tem outro jeito. O cara meteu na cabeça que somos um bando de garotinhas mimadas e malcriadas. Se falar comigo pessoalmente, talvez mude de ideia.

– Ou talvez meta uma bala na sua testa – retrucou Ansley.

– Não assuste a menina, Ans.

– Esqueceu que estamos em Utah? Todo mundo anda armado nesta roça, e nada impede que a Brit seja confundida com um ladrão.

– Acho difícil que ele confunda uma adolescente com um ladrão – falei. – Além disso, Henley não é do tipo que se assusta à toa. Não vai sair atirando à queima-roupa.

Em silêncio, atravessamos St. George e fomos subindo na direção do Zion National Park, onde, séculos atrás, eu tinha ficado com o Jed. Mas, em vez de entrar no parque, Ansley desviou para o norte, e não demorou para que nos víssemos praticamente sozinhas na estrada outra vez. Era tarde, passava das onze e meia, mas tão logo entramos na aleia que conduzia à casa enorme do jornalista, vimos que as luzes da residência de três andares estavam quase todas acesas. Pelo menos eu não acordaria a fera.

– Vamos ficar esperando aqui mesmo – disse Beth.

– Se ele atirar, abaixe-se e corra de volta para o carro – orientou Ansley.

Assim que me aproximei da casa, cachorros começaram a latir do outro lado da porta, que se abriu antes mesmo que eu tocasse a campainha. Henley era um velhote de cabelos brancos desgrenhados, vestia um pijama que sem dúvida já tinha visto dias melhores e trazia na mão um livro grosso, marcando a página com o dedo.

– O que você quer a esta hora da noite? – ele foi logo rosnando. – Não vá me dizer que é escoteira e está vendendo biscoitos!

Baixando os olhos para o meu uniforme da Red Rock, falei:

– Sr. Henley... Meu nome é Brit Hemphill. Falei com o senhor ao telefone algumas semanas atrás e...

– *Você de novo?* Eu já não disse que não me importo? – berrou o homem, e me deu as costas para fechar a porta.

No entanto, antes que ela batesse, estiquei a perna e impedi com o pé. Henley se virou com um olhar espantado, mas se deteve. Rapidamente, passei para o outro lado.

– Não me lembro de ter convidado você a entrar.

– Eu sei. Mas escute o que eu tenho para dizer. Tome isto aqui – falei, e fui logo entregando o dossiê que eu tinha preparado com as Irmãs, quase tão grosso quanto o livro que ele levava na mão.

– O que é isto?

– São as provas. Sobre a Red Rock Academy.

Henley riu.

– Provas? O que aconteceu agora? Resolveram usar carne de cachorro na comida?

– Sei que tudo isso parece engraçado para o senhor, mas acredite em mim: vêm acontecendo umas infrações bastante graves naquela escola. Mas ninguém quer saber. Ninguém acredita na gente.

– Já ouvi falar dessa Red Rock. É uma escola especial para drogadas e fugitivas – disse ele, espiando a tatuagem no meu braço. – Não tenho nenhum interesse nisso.

– Por favor, pelo menos dê uma olhada neste material. Depois o senhor decide.

Henley folheou superficialmente o dossiê, então o devolveu.

– Tenho mais o que fazer, garota. E você já devia estar na cama há muito tempo. Chega de brincadeirinhas.

Ele começou a andar na direção da cozinha.

– Mas o senhor não vai nem olhar? – gritei. – Não vai nos dar nem uma chance?

– Dei uma grande chance quando não telefonei para o diretor de lá da última vez. E agora vou lhe dar a chance de ir embora antes que eu chame a polícia.

– Ah, claro, a polícia. Porque as autoridades estão sempre certas, não é, Sr. Henley? Então me responda: elas também estavam certas quando queimaram aquelas igrejas de negros no Alabama, onde o senhor cresceu? Quando bombardearam mulheres e crianças no Vietnã? Quando prenderam oposicionistas na África do Sul?

Ele arregalou os olhos para mim, já com as orelhas vermelhas.

– Não dá para comparar os seus problemas com os problemas dessas pessoas. Simplesmente não dá.

– Sei que não dá. Não sou tão burra assim. Mas os nossos problemas continuam lá, e ninguém dá a mínima porque somos adolescentes e foram nossos próprios pais que nos colocaram naquela escola dos infernos. Acontece que os adultos também cometem erros!

– Olha, eu até entendo a sua indignação. Mas não sou a pessoa certa para ajudar. Agora vá embora, por favor.

– Não foi você mesmo que disse que a melhor maneira de proteger a liberdade é questionando as pessoas que estão no poder? Não foi isso que o senhor disse quando ganhou seu primeiro Pulitzer? E aí? O que mudou de lá para cá? Tem uma parada rolando bem ali no seu quintal, uma parada muito sinistra, e você é a única pessoa capaz de fazer alguma coisa para nos ajudar! – Àquela altura, eu já estava gritando. – Li o que o senhor escreveu. Sei tudo a seu respeito. Antes o senhor se importava com a injustiça. Então... por favor, escute o que a gente tem a dizer.

Larguei o dossiê no chão do hall e, antes que Henley chamasse a polícia, saí correndo.

• • •

– É um milagre que não tenham pegado você – disse Cassie.

Eu havia conseguido reunir Cassie, Laurel e Bebe no café do dia seguinte.

– Você teve muita sorte – concordou Laurel. – O pessoal ainda está nervoso por causa do que a V fez. Nem acredito que você conseguiu voltar.

– Eu sei. Talvez eu nem devesse ter voltado. Talvez conseguisse fazer mais alguma coisa, já que a minha missão foi um fracasso total.

– Fique tranquila, Brit. Logo, logo vou sair daqui. Vou dar um jeito de encontrar alguém que nos ouça.

– Valeu, Cass. Mas todas aquelas provas que a gente teve tanto trabalho para arrumar... Foi tudo para o brejo.

– Tem certeza que o coroa não mordeu a isca? – perguntou Laurel.

– Não mesmo. Você devia ter visto o jeito como ele me olhou. Como se eu fosse uma retardada. O cara acha que a gente é um bando de filhinhas de papai, aí eu faço o quê? Dou um chilique na porta dele. Só faltou eu assinar embaixo do que o velho tinha dito. Para ele, a gente não passa de uma grande piada.

– Também não precisa ser tão dura assim, Brit – comentou Cassie. – Você fez tudo que estava ao seu alcance.

– Ainda vamos virar o jogo, gatas – afirmou Bebe. – Vai chegar a hora em que eles vão precisar da nossa ajuda. Nesse dia, a gente vai estar fazendo as unhas no salão enquanto os imbecis afundam na lama.

• • •

Uma semana após minha visitinha a Skip Henley, V também deu sua fugida e apareceu de repente na pedreira. Veio direto falar com a gente.

– E aí, mulher? Como foi que conseguiu sair da prisão? – perguntou Cassie.

V olhou para mim e sorriu.

– Tenho os meus métodos.

– Sempre com um misteriozinho – disse Bebe.

– Cassie é que é a verdadeira Houdini. E aí? Quanto tempo de sentença você ainda tem pela frente? Um mês?

– Três semanas e pouco – respondeu Cassie, mas sem grande entusiasmo.

– Não vá dizer que está triste porque vai embora – retrucou Bebe.

– Triste não é bem a palavra, mas... meio apreensiva, talvez. É que estou voltando para casa. – Eu nunca a vira com uma expressão tão derrotada. – Vocês nem fazem ideia de como são as coisas no Texas. A palavra "caipira" foi inventada naquele lugar. Se você ousa ser diferente dos outros, sempre fica com receio de que alguém descubra e conte para todo mundo.

– Não é muito diferente da Red Rock – falei.

– Que nada. Está longe de ser a mesma coisa. Aqui a gente está cercada por tantas pessoas diferentes que, no fim das contas, fica todo mundo igual. – Cassie sorriu. – Tipo quando vocês me conheceram. Não deram a mínima ao saber que eu era gay. Então é isto: me mandaram para cá só porque fiquei com uma menina, queriam me consertar. Mas agora que estou aqui, e todo mundo sabe do meu segredo, não me sinto mais sozinha.

– Topa uma última aventura? – perguntei. – Que tal comemorar sua despedida em grande estilo?

– Claro, por que não? Meus pais até já reservaram meu voo. Agora não tem mais volta.

– Sei que vai rolar uma chuva de meteoros sensacional depois de amanhã. Pensei que a gente podia sair para assistir do deserto. Vai demorar um tempo até que a gente possa se reunir de novo.

– Uma festinha de despedida... Estou adorando.

– Ótimo. Então está combinado. Depois de amanhã, às duas da madrugada, porta da enfermaria. Não precisamos ir muito longe. Só o bastante para ficar livre das luzes da escola.

O grupinho se dispersou, mas V seguiu no meu encalço.

– Fiquei sabendo o que você fez.

– Aquilo não deu em nada.

– Claro que deu. Você tomou as rédeas do seu destino.

– Valeu. Mas e você? Também já tomou as rédeas do seu destino? Foi assim que conseguiu sair do Nível Dois?

– Falei para a Clayton que já estava pensando em ir embora. Não imediatamente, mas muito em breve. Ainda preciso trabalhar uns troços aí na minha cabeça. Mas disse que ia embora no dia seguinte se não parassem com aquele absurdo de me trancafiar numa solitária. Você conhece essa gente, não conhece? Topam qualquer coisa por grana. Então vou ficar permanentemente no Nível Seis até sair.

– Já é um passo na direção certa.

– É só isso que a gente pode fazer, Brit. Um passo de cada vez. Quando a gente menos espera, chegou a algum lugar.

27

A noite estava linda. O céu era um gigantesco pedaço de veludo preto em que estrelas brilhavam feito diamantes e meteoros explodiam de repente, riscando o breu com sua cauda de fogo. A gente tinha se acomodado numa pedra grande, eu, V, Bebe e Cassie. Embora V tivesse dado início ao encontro chamando à ordem o nosso Divinamente Fabuloso e Ultraexclusivo Clube de Malucas, o clima já não era mais o mesmo. Muita coisa já havia mudado: Martha tinha voltado para casa, Cassie logo iria embora e V acabaria retornando também – era apenas uma questão de tempo. Nessa noite, ela contou às outras o seu segredo. E eu contei o meu.

Mas ainda não estava tudo acabado. Bebe e eu ainda não podíamos sair da Red Rock e não sabíamos ao certo o que fazer para nos livrar daquele torturante vaivém de níveis. Porém, pelo menos por uma noite, sob aquela chuva incandescente que vinha lá dos confins da galáxia, nada disso importava. Não éramos as Irmãs Insanas. Éramos apenas irmãs.

28

Quando as coisas ficavam realmente pretas, eu tinha o hábito de cultivar duas fantasias na cabeça. Na primeira, Jed aparecia de repente para me salvar e me tirar daquele suplício. Na segunda, o mundo descobria os horrores da Red Rock e as forças do bem logo vinham para fechar a espelunca. Mas, quando elas enfim deram as caras, pareciam muito com tenebrosos Stormtroopers.

– Isto é uma batida policial, meninas. Recolham suas coisas e desçam para o estacionamento. Repetindo: recolham seus pertences, desçam para o estacionamento e informem seu nome ao agente Jenkins.

– Ahn?

Confusa, esfreguei os olhos e vi que ainda era cedo demais para qualquer coisa, inclusive para a chamada. O que estava acontecendo? Sentei na cama e só então percebi a presença dos dois caras parados à porta do quarto, com o mesmo cabelinho espetado, os mesmos óculos espelhados. Rapidamente me cobri com o lençol.

– Por favor, vistam-se, peguem suas coisas e desçam para o estacionamento.

– Quem são vocês?

– FBI. Estamos fazendo uma batida. Não se preocupem. Vocês estão seguras.

– Mas o que...? – balbuciou Missy, sonolenta.

Num piscar de olhos, saltei da cama e fui para a janela. Mais ou menos vinte carros da polícia se enfileiravam lá embaixo com as luzes piscando. Meu coração começou a retumbar.

– O que está acontecendo, afinal? – perguntou Missy.

Pela primeira vez, não falou como se fosse minha patroa. Parecia realmente assustada.

– Não sei. Acho que estão fazendo uma busca na escola.

– Mas quem?

– Agentes federais.

– E por que eles fariam uma busca aqui? – choramingou ela. Estava tão aflita que, por um instante, tive pena dela. Só por um instante.

Me vesti às pressas e fui para o estacionamento. V, Cassie e Laurel já estavam lá, conversando numa rodinha, aquecendo-se mutuamente no frio da manhã.

– Você já sabia disso? – perguntei à V.

– Eu ia perguntar a mesma coisa para você.

Dali a cinco minutos, foi Bebe quem apareceu, saltitante como sempre e com um sorriso de orelha a orelha.

– Caramba, Brit, é você que está por trás de tudo isso?

– Nem sei o que é "tudo isso", muito menos quem está por trás.

Continuamos observando 187 meninas uniformizadas saírem pouco a pouco do prédio, todas com a maior cara de sono. Cerca de cinquenta agentes tomavam o terreno, como formigas num pote de geleia. Dali a mais ou menos uma hora, uma mulher se apresentou e leu nossos nomes numa lista.

– Por favor, permaneçam aqui. Daqui a pouco vamos servir um lanche. Não saiam do recinto.

Não demorou para que uma van aparecesse e dois agentes saltassem para nos servir. Rosquinhas, suco de laranja, café... *Café!* Era como néctar, tinha um gostinho de liberdade. Ninguém sabia direito o que estava acontecendo, mas, para mim, aquele café era o primeiro passo no nosso caminho de volta ao mundo real.

Sempre que possível, a gente fazia perguntas, mas eles só diziam que a Red Rock estava sob investigação e que aquilo era uma batida.

As horas foram passando e a gente continuava mofando naquele estacionamento, buscando a sombra das árvores e bebendo a água que os agentes distribuíam. A certa altura, a mesma mulher de antes voltou com a prancheta para anunciar que nossos pais já tinham sido avisados e estavam a caminho para nos buscar. Se alguns não aparecessem até o cair da noite, suas filhas seriam levadas de ônibus para a cidade e esperariam por lá até que fossem feitos os arranjos necessários.

– Caramba, gatas, não estou nem acreditando – disse Bebe, exultante. – A gente vai *mesmo* sair daqui!

Cassie riu.

– É a minha cara... Justo quando faltava uma mísera semana para ir embora com as minhas próprias pernas! Mesmo assim, estou muito feliz por vocês.

Nenhuma de nós tinha muito a dizer, então seguimos acompanhando o espetáculo, pasmas. Lá pela hora do almoço, os pais começaram a chegar. Saltavam dos carros e corriam histericamente ao encontro das filhas para apertá-las num demorado abraço, como a gente vê na televisão sempre que rola um desses massacres em escola.

Quem nos mostrou o artigo foi a Pam, cujo pai morava em Las Vegas. Era uma matéria de três páginas na *American Times*, uma dessas revistas semanais de circulação nacional. O título era "Comportamento desviante" e quem assinava era ninguém menos do que o veterano jornalista Skip Henley. Estava tudo lá. Tudo e mais um pouco: nossas histórias, a fraude dos seguros, o passado do Xerife, entrevistas com ex-alunas e depoimentos de diversos psiquiatras sobre a ineficácia da terapia empregada pela Red Rock, sobre os estragos mentais que tudo aquilo podia causar. V, Bebe e Cassie se apertavam à minha volta para ler também.

Cassie assobiou.

– Olhe só para isso.

– Estou *pas-sa-da* – comentou Bebe.

V aparentemente também estava. Permaneceu muda, mas ficou olhando para mim como se dissesse: "Você fez isso? *Nós* fizemos isso? Como foi que conseguimos?"

Só mais tarde é que ficaríamos sabendo da história completa: a família de Martha tinha registrado uma queixa no gabinete de uma deputada, que, por sua vez, providenciara uma investigação independente. Quando o caso já progredia para uma operação policial, a reportagem de Henley foi publicada, acelerando as coisas. O Xerife já vinha sendo investigado por apropriação indébita de correspondências, um crime segundo a justiça americana. Só mais tarde é que eu ficaria sabendo também o que tinha acontecido naquela noite da minha visita ao jornalista: ele havia corrido atrás de mim, não porque queria atirar em mim, mas porque queria conversar. Como não conseguira me alcançar, voltara para casa, recolhera o dossiê e começara a trabalhar imediatamente.

E só mais tarde é que eu descobriria o destino das minhas irmãs V, Bebe e Cassie, pois naquele exato momento quem vinha ao meu encontro, abrindo caminho na multidão, era o papai.

Ele estava com um péssimo aspecto: muito pálido, olhos vermelhos, cabelos ensebados. Trazia consigo um exemplar da *American Times*.

– Então, gostou do artigo? – perguntei brincando, apenas para amenizar um pouco a situação.

Mas ele nem esboçou um sorriso; apenas balançou a cabeça.

– Não tive estômago para ler até o final – disse ele, com a voz embargada. – Não ia suportar saber de toda a extensão da burrice que fiz com você.

Imediatamente senti uma pontada de raiva, mas uma raiva que vinha misturada com uma pontinha de pena, diferente da que eu havia sentido no dia da visita-surpresa.

– Você não acha que já está na hora de parar com isso? – questionei.

Com as mãos no rosto, papai perguntou, exausto:

– Parar com o quê, minha filha?

– Ficar fugindo da verdade.

Ele reergueu o rosto e novamente balançou a cabeça. Por mais que procurasse disfarçar, sua expressão de cansaço, tristeza e medo o traía, a mesma que se instalara ali após o sumiço da mamãe, já havia mais de um ano. Vê-lo naquele estado era o que bastava para que a minha raiva evaporasse. Ao encará-lo tão perdido, meu primeiro impulso foi protegê-lo e poupá-lo de mais sofrimento. Mas isso não seria bom nem para ele nem para mim. Precisei respirar fundo antes de prosseguir:

— Você tem medo de perder a filha do mesmo jeito que perdeu a esposa. — Minha voz começou a falhar. — Tem medo que eu acabe louca igual à mamãe. Por isso me mandou embora.

Mais uma vez, ele balançou a cabeça.

— Não é nada disso, meu amor. Não foi por isso que mandei você para cá. Mandei para o lugar errado, tudo bem, mas pelos motivos certos.

— Não se atreva! — gritei. — Não ouse mentir para mim! E chega de mentir para você mesmo também! Pai, eu amo você, e sempre vou amar, mas não vou permitir que você continue fazendo isso com a gente. Você me despachou porque achava que eu estivesse enlouquecendo. Mas saiba que isso não é verdade. Sou filha de uma pessoa doente, só isso. Eu amava a mamãe tanto quanto *você*. Minha perda foi tão grande quanto a sua.

Por alguns segundos, papai apenas ficou me olhando calado, mas depois me puxou para um repentino abraço. Senti na mesma hora que ele estava chorando e, de repente, me vi tomada de uma calma estranha: quanto mais papai tremia, menor ia ficando minha revolta. Assim que ele se recompôs, desfez nosso abraço, pôs as mãos nos meus ombros e me encarou como se tivesse à sua frente uma total desconhecida. Tirando uma mecha de cabelo dos meus olhos, abriu um sorriso.

— Quando foi que a minha menininha ficou assim, tão madura?

Dei uma boa risada. Fazia tempo que eu não me sentia leve.

— Venha comigo — falei. — Quero apresentar umas pessoas para você.

Já ia andando na direção das meninas quando, de rabo de olho, vi uma coisa. Aliás, uma pessoa. Precisei piscar os olhos para ver se estava enxergando direito. Por causa do sol forte, minha visão estava meio enevoada; nada impedia que se tratasse de uma grande ilusão de ótica. Ou meu subconsciente agora me pregava uma peça. Acontece que ilusões de ótica não falam.

– Brit... Brit Hemphill...

– Jed... – O que era para ser um grito saiu como um mero sussurro.

Mesmo assim, ele pareceu me escutar, pois veio marchando a passos largos na minha direção, os olhos fixos em mim como dois feixes de laser. Papai olhou para mim, depois para o Jed. Ficou confuso por um momento, mas logo entendeu o que estava rolando. Novamente ficou tenso. Então, apertei a mão dele e sorri como se dissesse "Fique tranquilo, está tudo bem". Depois de um tempinho, enfim me soltou.

Logo corri ao encontro do Jed, tão rápido que as pessoas à minha volta se reduziam a meros borrões. Me joguei nos braços dele e o cobri de beijos. Com a cabeça pousada no seu ombro, recebi mil beijinhos no rosto. Ouvi as irmãs gritando às minhas costas, aplaudindo e assobiando como se aquilo fosse o fim de um filme romântico. Foi então que me dei conta: o martírio dos últimos anos tinha ficado para trás.

E outra coisa estava prestes a começar.

Cinco meses depois...

Oito cidades, onze dias, 2.100 quilômetros, dez hoteizinhos de beira de estrada e 27 burritos depois, o mais provável era que eu estivesse exausta o bastante para dormir por um mês inteiro. Mas o que eu estava mesmo era felicíssima da vida por causa da minha primeira turnê com a Clod. Eu amava tocar ao vivo, ainda mais podendo testar minhas novas canções, coisinhas curtas e simples com títulos que iam de "O baile concretizado" até "A bruxa da Clayton e seus defeitos". Sem falar, claro, na delícia que era passar todas as horas do dia e da noite ao lado do Jed. Cair na estrada com a banda me fazia achar que a vida tinha possibilidades sem fim. Eu me sentia livre.

Quando fui pedir a permissão do papai para viajar com a banda e ficar fora até o fim das férias de inverno, já estava preparada para ouvir um sonoro e irrevogável "Não!". No entanto, ele me ouviu com atenção, depois confessou que a apreensão que ele tinha com a banda vinha da sua própria experiência de vida. Sabia do que as meninas eram capazes de fazer só para *conhecer* os músicos. Então, precisei lembrar a ele que eu não era nenhuma groupie maluca, mas a vocalista.

Dali a uma semana, papai apareceu pela primeira vez num show da Clod. Depois, foi para as coxias e, a certa hora, vi que ele olhava para mim, não com o medo e a tristeza de antes, mas com admiração e orgulho. Fazia tempo que não me fitava assim. Na manhã seguinte, falou que eu podia viajar com a banda desde que, entre outras coisas, eu ligasse diariamente para dar notícias. Nossos telefonemas durante a viagem se revelaram muito mais animados que aqueles dos tempos da Red Rock. Ele queria saber dos detalhes de cada show e até contou algumas histórias de quando tinha trabalhado como *roadie*, um período da sua vida sobre o qual não falava havia anos.

Quanto à mamãe... bem, aí já é outra história. Pouco depois de sair da Red Rock, fui visitá-la com a vovó e, para falar a verdade, não gostei nada do que vi. Ela estava péssima. Quando não engrolava suas maluquices (dizia, por exemplo, que os sinais de rádio entravam em seu corpo pelas cáries), ficava absolutamente muda, olhando para o nada. Fiz uma segunda visita no dia em que tocamos em Spokane. Jed insistiu em me acompanhar. Por sorte, dessa vez não rolou nenhum surto paranoico. Mamãe parecia uma menina, sorrindo quietinha enquanto segurava minha mão. Depois que saímos, fiquei tentada a perguntar para o Jed se ele temia que eu acabasse como ela. Mas, olhando para minha imagem refletida num dos espelhos da casa em que tocamos naquela mesma noite, enfim me dei conta de algo: o único jeito de encontrar uma resposta era parar de uma vez por todas de me perguntar.

Sei que pode parecer mais uma cena de cinema, mas nossa última apresentação foi no Cafemonica de St. George. Não por minha causa, mas porque o programador da casa implorava para que a gente voltasse desde que assistira ao nosso show naquele dia de março. Foi como se toda a população com menos de 25 anos tivesse vindo nos prestigiar. Beth e Ansley estavam lá também, pulando e gritando como duas desmioladas. A vibração do show foi tão grande que as janelas chegaram a tremer.

No dia seguinte, o resto da banda voltou para Portland sem mim. Eu já havia pedido a Beth e Ansley que me levassem de carro até as instalações abandonadas da Red Rock, mesmo sem saber direito o que queria fazer ali. Jogar uma pá de cal naquela fase horrível da minha vida? Afugentar meus monstros de vez? Só sei que, assim que pus os pés naquilo que um dia a gente havia chamado de pedreira, agora um amplo descampado com blocos abandonados pelo chão, tive certeza absoluta de uma coisa: aquela página já estava devidamente virada na minha vida. Aquele lugar já não tinha nenhum poder sobre mim.

Fiquei pensando nas outras Irmãs. Era como se todas tivéssemos matado nossos dragões. Martha, saudável e feliz da vida com o tamanho 42 que agora vestia, havia ensinado aos pais a aceitá-la do jeito que era, inclusive pensando em participar de um concurso para modelos *plus size*. Cassie lutava contra a homofobia em sua escola por meio de uma aliança entre gays, héteros e bissexuais, mesmo afirmando que ainda não sabia ao certo em qual categoria se encaixava. E Bebe, que até pouco tempo antes defendia a ideia de que namorar uma pessoa era pura caretice, agora estava caidinha por um cara que havia conhecido no internato misto em que passara a estudar. Até mesmo a V, que tinha se enfiado nos confins de Utah para se sentir segura, agora planejava viajar sozinha pelo mundo. Volta e meia brincava, dizendo que agora éramos as garotas-propaganda da Red Rock. Com uma única diferença: não fora a Red Rock que tinha nos ajudado a vencer nossas dificuldades. *Nós mesmas* tínhamos ajudado umas às outras.

Ansley e Beth me deixaram na rodoviária, onde peguei um sacolejante ônibus até o Parque Nacional do Grand Canyon. Ao chegar lá, segui por uma trilha até o ponto de encontro combinado e por pouco não me perdi no esplendor da paisagem, na infinidade de cores dos paredões vertiginosos, na preguiça com que as águas esverdeadas do rio Colorado deslizavam garganta afora. Aquilo era muito mais lindo do que tudo o que eu já tinha visto em fotos e cartões-postais, uma beleza de fazer arrepiar os pelos do corpo. Foi então que avistei as meninas num mirante mais à frente, quatro vultos negros contra o sol do entardecer. Com seu porte de amazona, V andava de um lado para outro como se fiscalizasse seus domínios. Recostada no parapeito, elegante como sempre, a patricinha Bebe mais parecia uma modelo prestes a ser fotografada. Cassie mostrava algo nas profundezas do cânion, sorridente. Com a câmera em punho, Martha contemplava tudo com os olhos arregalados. Parei um segundo só para observar minhas Irmãs ali, reunidas à beira de um precipício. Depois, corri ao encontro delas.

Nota da autora

Quando trabalhei na revista *Seventeen*, escrevi uma matéria sobre reformatórios comportamentais, lugares não tão rígidos quanto a Red Rock do livro, mas que, infelizmente, tinham muitos pontos em comum com ela. Na época, conversei com um sem-número de adolescentes que haviam passado por instituições semelhantes. Alguns foram levados no meio da noite por "acompanhantes" desconhecidos; outros tinham sido ludibriados pelos próprios pais bem-intencionados.

Também entrevistei diversos pais e mães que acreditavam piamente estar ajudando seus filhos, mas que haviam mudado de ideia tão logo descobriram o que se passava de verdade nesses lugares, por intermédio dos próprios filhos, da mídia ou de alguma investigação policial.

O que me deixou triste, e o que me fez escrever este livro – uma obra de ficção –, é o fato de que muitos desses jovens precisavam mesmo de ajuda. Alguns haviam se envolvido com drogas, outros vinham tendo problemas na escola, outros tantos tinham algum tipo de distúrbio alimentar ou sofriam de depressão. Mas o objetivo dos profissionais desses reformatórios parecia ser apenas vencer os internados pela força e pela punição constante. E, na verdade, o que esses jovens precisavam era de alguém que os compreendesse, lhes desse carinho e os amparasse num processo de reconstrução. Necessitavam da ajuda de profissionais devidamente qualificados. Isso, sim, poderia ser chamado de "terapia".

Há momentos na vida em que ter alguém que nos ouça pode ser de grande valia. De modo geral, os terapeutas são profissionais que desejam o nosso bem, querem nos ver felizes e saudáveis. É uma pena que ainda existam instituições tão equivocadas quanto a Red Rock da história, mas por sorte elas são a exceção, e não a regra.

Agradecimentos

A Nina Collins, Maggie Ehrlich, Matthew Elblonk, Lee Forman, Ruth Forman, Tamara Glenny, Eliza Griswold, Shahawna Kim, Deanna Kizis, Kristin Marang, Tamar Schamhart, Nick Tucker e Willa Eve Forman Tucker.

Obrigada a todos vocês.

CONHEÇA OUTRO TÍTULO DA AUTORA

Eu estive aqui

Quando sua melhor amiga, Meg, toma um frasco de veneno sozinha num quarto de motel, Cody fica chocada e arrasada. Ela e Meg compartilhavam tudo... Como podia não ter previsto aquilo, como não percebera nenhum sinal?

A pedido dos pais de Meg, Cody viaja a Tacoma, onde a amiga fazia faculdade, para reunir seus pertences. Lá, acaba descobrindo muitas coisas que Meg não havia lhe contado. Conhece seus colegas de quarto, o tipo de pessoa com quem Cody nunca teria esbarrado em sua cidadezinha no fim do mundo. E conhece Ben McCallister, o guitarrista zombeteiro que se envolveu com Meg e tem os próprios segredos.

Porém, sua maior descoberta ocorre quando recebe dos pais de Meg o notebook da melhor amiga. Vasculhando o computador, Cody dá de cara com um arquivo criptografado, impossível de abrir. Até que um colega nerd consegue desbloqueá-lo... e de repente tudo o que ela pensou que sabia sobre a morte de Meg é posto em dúvida.

Eu estive aqui é Gayle Forman em sua melhor forma, uma história tensa, comovente e redentora que mostra que é possível seguir em frente mesmo diante de uma perda indescritível.

CONHEÇA OUTROS TÍTULOS DA EDITORA ARQUEIRO

Reconstruindo Amelia
Kimberly McCreight

Você conhece a pessoa que mais ama no mundo?

Kate Baron achava que sim até receber a devastadora notícia de que Amelia, sua filha de 15 anos, cometera suicídio pulando do telhado do colégio particular onde estudava. Poucos dias depois, entretanto, uma mensagem anônima em seu celular revela que a morte de sua filha talvez não tenha acontecido da maneira que as autoridades alegaram.

Amelia pode ter sido assassinada? Como advogada, Kate está determinada a descobrir a verdade e, para isso, mergulha no passado da filha, recolhendo cada fragmento de e-mail, cada linha dos textos do blog, cada atualização de status do Facebook.

Sempre um passo atrás da verdade, ela descobre um lado de Amelia que nunca imaginaria que existisse.

Este impressionante romance de estreia vai além de uma história sobre segredos e mentiras. Narra a busca de uma mãe tentando reunir cada detalhe possível para reivindicar a memória da filha que não pôde salvar.

Uma curva no tempo
Dani Atkins

Às vésperas de saírem da cidade para a faculdade, Rachel Wiltshire e seus amigos sofreram um terrível acidente. Durante o jantar de despedida do grupo, um carro desgovernado atravessou a vidraça do restaurante onde estavam. Rachel escapou por pouco... Na verdade, ela deve sua vida a Jimmy, seu melhor amigo, que se sacrificou para salvá-la.

Cinco anos mais tarde, todos do grupo estão prestes a se reencontrar para o casamento de Sarah. Bem, quase todos. É com muita dificuldade que Rachel se convence a prestigiar a amiga, pois sabe que, para isso, terá de enfrentar os fantasmas do passado. Principalmente a culpa pela morte de Jimmy.

Com a vida destroçada, o rosto desfigurado por uma grande cicatriz e sofrendo de constantes dores de cabeça em decorrência do acidente, Rachel se obriga a encarar os fatos e vai ao cemitério visitar pela primeira vez o túmulo do amigo. Ao chegar lá, sua dor se intensifica a tal ponto que ela acaba desmaiando.

Quando acorda no hospital, Rachel fica surpresa: seu pai parece estar curado do câncer que o devastava, Jimmy está vivo e Matt – seu ex-namorado – alega ser seu noivo.

Sem entender o que lhe aconteceu, Rachel tenta convencer a todos de que nada daquilo pode ser real, mas os médicos apenas a diagnosticam com amnésia.

Desesperada por respostas, Rachel precisa primeiro decidir se vale a pena tentar voltar para a vida que conhecia e que, no fim das contas, era muito pior do que a que ela tem agora...

Dançando sobre cacos de vidro
Ka Hancock

Lucy Houston e Mickey Chandler não deveriam se apaixonar. Os dois sofrem de doenças genéticas: Lucy tem um histórico familiar de câncer de mama muito agressivo e Mickey, um grave transtorno bipolar. No entanto, quando seus caminhos se cruzam, é impossível negar a atração entre eles.

Contrariando toda a lógica que indicava que sua história não teria futuro, eles se casam e firmam – por escrito – um compromisso para fazer o relacionamento dar certo. Mickey promete tomar os remédios. Lucy promete não culpá-lo pelas coisas que ele não pode controlar. Mickey será sempre honesto. Lucy será paciente.

Como em qualquer relação, eles têm dias bons e dias ruins – alguns terríveis. Depois que Lucy quase perde uma batalha contra o câncer, eles criam mais uma regra: nunca terão filhos, para não passar adiante sua herança genética.

Porém, em seu 11º aniversário de casamento, durante uma consulta de rotina, Lucy é surpreendida com uma notícia extraordinária, quase um milagre, que vai mudar tudo o que ela e Mickey haviam planejado. De uma hora para outra todas as regras são jogadas pela janela e eles terão que redescobrir o verdadeiro significado do amor.

Dançando sobre cacos de vidro é a história de um amor inspirador que supera todos os obstáculos para se tornar possível.

Mar da Tranquilidade
Katja Millay

Nastya Kashnikov foi privada daquilo que mais amava e perdeu sua voz e a própria identidade. Agora, dois anos e meio depois, ela se muda para outra cidade, determinada a manter seu passado em segredo e a não deixar ninguém se aproximar.

Mas seus planos vão por água abaixo quando encontra um garoto que parece tão antissocial quanto ela. É como se Josh Bennett tivesse um campo de força ao seu redor. Ninguém se aproxima dele, e isso faz com que Nastya fique intrigada, inexplicavelmente atraída por ele.

A história de Josh não é segredo para ninguém. Todas as pessoas que ele amou foram arrancadas prematuramente de sua vida. Agora, aos 17 anos, não restou ninguém. Quando o seu nome é sinônimo de morte, é natural que todos o deixem em paz. Todos menos seu melhor amigo e Nastya, que aos poucos vai se introduzindo em todos os aspectos de sua vida.

À medida que a inegável atração entre os dois fica mais forte, Josh começa a questionar se algum dia descobrirá os segredos que Nastya esconde – ou se é isso mesmo que ele quer.

Eleito um dos melhores livros de 2013 pelo *School Library Journal*, *Mar da Tranquilidade* é uma história rica e intensa, construída de forma magistral. Seus personagens parecem saltar do papel e, assim como na vida, ninguém é o que aparenta à primeira vista. Um livro bonito e poético sobre companheirismo, amizade e o milagre das segundas chances.

CONHEÇA OUTROS TÍTULOS DA EDITORA ARQUEIRO

Queda de gigantes, *Inverno do mundo* e *Eternidade por um fio*, de Ken Follett

Não conte a ninguém, *Desaparecido para sempre*, *Confie em mim*, *Cilada*, *Jogada mortal*, *Fique comigo*, *Seis anos depois* e *Que falta você me faz*, de Harlan Coben

A cabana e *A travessia*, de William P. Young

A farsa, *A vingança* e *A traição*, de Christopher Reich

Água para elefantes, de Sara Gruen

Inferno, *O símbolo perdido*, *O código Da Vinci*, *Anjos e demônios*, *Ponto de impacto* e *Fortaleza digital*, de Dan Brown

O milagre, *Uma carta de amor*, *Uma longa jornada*, *O melhor de mim*, *O guardião*, *Uma curva na estrada*, *O casamento*, *À primeira vista* e *O resgate*, de Nicholas Sparks

Julieta, de Anne Fortier

O guardião de memórias, de Kim Edwards

O guia do mochileiro das galáxias; *O restaurante no fim do universo*; *A vida, o universo e tudo mais*; *Até mais, e obrigado pelos peixes!*, *Praticamente inofensiva*, *O salmão da dúvida* e *Agência de Investigações Holísticas Dirk Gently*, de Douglas Adams

O nome do vento, *O temor do sábio* e *A música do silêncio*, de Patrick Rothfuss

A passagem e *Os Doze*, de Justin Cronin

A revolta de Atlas e *A nascente*, de Ayn Rand

A conspiração franciscana, de John Sack

INFORMAÇÕES SOBRE A ARQUEIRO

Para saber mais sobre os títulos e autores
da EDITORA ARQUEIRO,
visite o site www.editoraarqueiro.com.br
e curta as nossas redes sociais.
Além de informações sobre os próximos lançamentos,
você terá acesso a conteúdos exclusivos e poderá participar
de promoções e sorteios.

www.editoraarqueiro.com.br

facebook.com/editora.arqueiro

twitter.com/editoraarqueiro

instagram.com/editoraarqueiro

skoob.com.br/editoraarqueiro

Se quiser receber informações por e-mail,
basta se cadastrar diretamente no nosso site
ou enviar uma mensagem para
atendimento@editoraarqueiro.com.br

Editora Arqueiro
Rua Funchal, 538 – conjuntos 52 e 54 – Vila Olímpia
04551-060 – São Paulo – SP
Tel.: (11) 3868-4492 – Fax: (11) 3862-5818
E-mail: atendimento@editoraarqueiro.com.br